AF189791

Tucholsky Wagner Zola Scott Sydow Freud Schlegel
Turgenev Wallace Fonatne
Twain Walther von der Vogelweide Fouqué Friedrich II. von Preußen
Weber Freiligrath Frey
Fechner Fichte Weiße Rose von Fallersleben Kant Ernst Richthofen Frommel
Hölderlin
Engels Fielding Eichendorff Tacitus Dumas
Fehrs Faber Flaubert
Eliasberg Ebner Eschenbach
Feuerbach Maximilian I. von Habsburg Fock Zweig
Ewald Eliot Vergil
Goethe Elisabeth von Österreich London
Mendelssohn Balzac Shakespeare Dostojewski Ganghofer
Trackl Stevenson Lichtenberg Rathenau Doyle Gjellerup
Mommsen Tolstoi Hambruch
Thoma Lenz Hanrieder Droste-Hülshoff
Dach Verne von Arnim Hägele Hauff Humboldt
Karrillon Reuter Rousseau Hagen Hauptmann Gautier
Garschin Baudelaire
Damaschke Defoe Hebbel
Descartes Hegel Kussmaul Herder
Wolfram von Eschenbach Dickens Schopenhauer
Bronner Darwin Melville Grimm Jerome Rilke George
Campe Horváth Aristoteles Bebel Proust
Bismarck Vigny Barlach Voltaire Federer Herodot
Gengenbach Heine
Storm Casanova Tersteegen Gilm Grillparzer Georgy
Chamberlain Lessing Langbein Gryphius
Brentano Lafontaine
Strachwitz Claudius Schiller Kralik Iffland Sokrates
Katharina II. von Rußland Bellamy Schilling
Gerstäcker Raabe Gibbon Tschechow
Löns Hesse Hoffmann Gogol Wilde Gleim Vulpius
Luther Heym Hofmannsthal Klee Hölty Morgenstern Goedicke
Roth Heyse Klopstock Kleist
Luxemburg Puschkin Homer Mörike Musil
La Roche Horaz
Machiavelli Kierkegaard Kraft Kraus
Navarra Aurel Musset Moltke
Lamprecht Kind Kirchhoff Hugo
Nestroy Marie de France
Laotse Ipsen Liebknecht
Nietzsche Nansen
Marx Lassalle Gorki Klett Leibniz Ringelnatz
von Ossietzky May
vom Stein Lawrence Irving
Petalozzi Knigge
Platon
Sachs Pückler Michelangelo Kock Kafka
Poe Liebermann Korolenko
de Sade Praetorius Mistral Zetkin

Der Besondere

Ludwig Ganghofer

Impressum

Autor: Ludwig Ganghofer
Umschlagkonzept: toepferschumann, Berlin

Verlag: tredition GmbH, Hamburg
ISBN: 978-3-8424-0483-0
Printed in Germany

1

In der Wohnstube des Pfrointnerhofes ging es gar stürmisch zu. Das paßte so recht zu dem bösen Herbstwetter, das draußen mit Heulen und Pfeifen zwischen Haus und Ställen tobte, an den Fenstern alle Läden klappern und auf den Dächern die Schindeln hüpfen und fliegen machte, von der nahen Straße hohe Wirbelsäulen von Staub und welken Blättern über den Hofraum hinwegführte und im Garten die halb ihres Schmuckes schon beraubten Bäume zauste und schüttelte, als wären sie kleine Schulbuben und der Wind ihr springgiftiger Lehrer. Das war auch das richtige Spielzeug für den Sturm, der Pfrointnerhof, der gemeinsam mit dem anstoßenden Bründlhof auf einer sanft gerundeten, das ganze Dorf und Tal beherrschenden Anhöhe frei gelegen war, halb nur einem Bauernhause, halb einem altersgrauen Herrensitze ähnlich, mit seinen schwerfälligen Mauern und den kleinen, fast an Schießscharten erinnernden Fenstern, mit den zwei bauchigen, durch die beiden Stockwerke sich emporziehenden Erkern, mit den spitz ansteigenden, von steinernen Zieraten gekrönten Giebeln und dem rußgeschwärzten Glockentürmchen inmitten des steilen Daches. Dort oben mußte man eine herrliche Aussicht haben über das schöne Tal und die weit zerstreuten Häuser, über die dunkelgrünen, in der Höhe von Steinwänden und Almfeldern unterbrochenen Waldgehänge der ringsum aufsteigenden Berge und über den See, der mitten im Dorfe begann und mit seiner ferneren Hälfte sich hineinzog zwischen die nah aneinander rückenden Felskolosse – ein Bild, das im lichten, sprossenden Grün des lauen Frühlings kaum mehr der wechselvollen Reize bot als jetzt in seinen herbstlich bunten Farben, unter dem Rauschen und Tosen des zügellosen Oktobersturmes.

Die letzte Septemberwoche hatte rauhes Wetter gebracht, es hatte mehrere Tage hindurch im Tal geregnet, und als sich endlich die grauen Wolken verzogen, sah man, daß rings auf den Bergen, bis über die Almfelder herunter schon tiefer Schnee gefallen war. Dann hatte die Sonne plötzlich wieder die alte Kraft gefunden, und unter ihren warmen Strahlen zog sich der Schnee langsam über die Almwiesen zurück, zu springenden Bächen zerschmelzend. Diesen warmen Tagen war die verwichene Nacht gefolgt, so schwül fast wie eine Gewitternacht im Hochsommer. Und dann am Morgen hatten die Berge mit ihren beschneiten Höhen jene seltsam schwärzliche Färbung gezeigt wie im April, wenn der eis- und winterbrechende Südwind im Anzug ist.

Als da der alte Pfrointner bei grauendem Tage unter die offene Haustür trat, schüttelte er bedenklich den Kopf und meinte:»Aber heut, da gebts Obacht, heut wird's noch ein tüchtigen Blaser setzen!«

Und er hatte sich als guter Wetterprophet erwiesen. Ein paar Stunden nach Mittag hatte es angefangen, jäh, mit kurzem Übergang von der völligen Windstille zum tobenden Sturm, dabei nicht das kleinste Wölklein am tiefblauen Himmel, es war der richtige Frühjahrsföhn, als hätte die Zeit in der letzten Nacht den Winter überträumt und möchte nun, noch traumbefangen, den schlummernden Lenz schon wieder aus der Erde wecken, da doch der Sommer kaum vergangen war. Ganz wie dieser ungestüme Wecker, so wild und schwül sauste der Sturm das Tal entlang, brachte ein Wogen und Fluten in alle Wipfel, als wäre das grüne Heer der Bäume zum beweglichen Meer geworden, verfing sich zwischen den Bergen und schürte im See die Wellen, daß er im weißen Schaum und zwischen seinen braunen Ufern sich ansah wie eine riesenhafte Schüssel voll gärender Milch.

Er hatte richtig prophezeit, der alte Pfrointner. Daß aber dieser Tag den Sturm nicht nur über, sondern auch unter sein Dach bringen würde, ganz unerwartet, so recht wie aus blauem Himmel gefallen, das hätte er sich schwerlich träumen lassen.

Um die dritte Nachmittagsstunde, just als die ersten Schindeln von den Dächern flogen, war Marti, der junge Bründlbauer, im Pfrointnerhof erschienen, mit seinem Sonntagsstaate angetan, ein Nelkensträußlein hinter der Goldschnur des grünen Filzhutes. Der alte Pfrointner hatte seinen Gast aufs beste empfangen, denn seine erste Meinung war gewesen, daß es einen Roßhandel gelte. Man setzte sich, sprach eine Weile so hin und her, von der Wintersaat, von den Unfällen, die sich beim Abtrieb der Herden von der Alm ereignet hätten, natürlich auch von dem ›Teufelswind‹, der draußen mit Pfeifen um die Mauern fuhr. Als dann der junge Bründlbauer nach mancherlei Umschweifen eine nachdenkliche Pause machte, war der Pfrointner der festen Überzeugung, daß nun die Frage kommen würde, wie teuer wohl der dreijährige Fuchs zu haben wäre, der überzählig im Stall des Pfrointnerhofes stand. Da machte er aber nun große Augen, als er zu hören bekam, daß es der Bründlbauer nicht auf den dreijährigen Braunfuchs, sondern auf einen zwanzigjährigen Rotfuchs abgesehen hatte. Nicht mehr und nicht weniger wollte Martl als das einzige Kind des Pfrointners, die Zäzil, zu seinem Weibe. Erst war der Pfrointner starr und stumm vor Staunen – aber während dieses Schweigens begann er schon mit seinem flinken Hausverstande zu rechnen, das Für und Wider zu überlegen, das heißt nur das Für, denn ein Wider gab es hier nicht – und dann schlug er lachend sein Jawort in die Hand des jungen Bauern, dem er seit Jahren von Herzen zugetan war, weit über die nachbarliche Freundschaft hinaus. Die Bäuerin wurde gerufen, und auch sie schlug vor heller Freude die Hände über dem Kopf zusammen. Nur schade, daß die Zäzil gerade drunten im Dorfe war; aber sie mußte jeden Augenblick nach Hause kommen. Mit schwatzhafter Geschäftigkeit deckte die Bäuerin den Tisch und schoß dann in die Küche, um für das ›Schalerl‹ Kaffee zu sorgen, das bei einer richtigen Brautschau nicht fehlen durfte. Der Pfrointner begann nun gleich ›verstandsam‹ zu reden, wie er es nannte. Ein langes Handeln und ›Raiten‹ war da nicht nötig, denn die Rechnung ging gleich auf. Der alte Pfrointner und der junge Bründler – einer wog so schwer wie der andere. Die Zäzil war des Pfrointners einziges Kind, der Marti sein eigener Herr, ohne Eltern und Geschwister – da brauchte man nur den Zaun zwischen den beiden Nachbarhöfen aus der Erde zu reißen. In dem stattlicheren Pfrointnerhause sollte das junge Paar wohnen, während der Pfrointner mit seiner Alten in das Bründlhaus hinüberziehen wollte. Auch wollte er nichts von einem langen Brautstand wissen – ganz nach Martls Geschmack. Drei Sonntage waren nötig für das dreimalige Aufgebot in der Kirche, am vierten Sonntag sollte die Hochzeit sein. Da kam das Brautpaar gerade noch vor der ehefeindlichen Adventszeit unter Dach, denn

»Kathrein
Sperrt die Geigen ein«,

wie der Pfrointner lachend zitierte.

Marti war mit allem einverstanden, aber – und er brachte das mit verlegenem Zögern vor:»Alles is mir recht, aber die Zäzil sollt man doch ehnder auch noch fragen. Sie is allweil die Hauptperson, und da muß man doch hören, was denn 's Madl meint zur ganzen Sach.«
Der Pfrointner zog die Brauen in die Höhe und machte ein dummes Gesicht. Dann platzte er los:»Jetzt is gut! Was soll denn 's Madl anders meinen, als was ihr Vater und ihr Mutter meint!« Einen ›nobligeren Hochzeiter‹ könnte man ja im ganzen Tal nicht finden, und auch abgesehen von Haus und Gut wäre der Martl ein ganzer Kerl, vor dem man Respekt haben müsse und dem zum richtigen Bauer nichts mehr fehle als höchstens ein Dutzend Jährlein und die Bäuerin, die er soeben suchen kam. Was Marti darauf erwidern wollte, wurde durch den Eintritt der Pfrointnerin abgeschnitten, die mit dem angekündigten ›Schalerl‹ Kaffee erschien. Sie bestellte den Tisch mit goldgeränderten Tassen, schenkte sie voll und überraschte den staunenden Brautwerber noch mit einem riesigen Gugelhupf. Sie hätte halt einen guten Schutzengel, lachte sie, der müsse in seiner himmlischen Weisheit wohl ›gespannt‹ haben, was der heutige Tag noch bringen würde, und hätte ihr deshalb eingegeben, den Sonntagsgugelhupf schon am Samstag in der Früh zu backen statt wie gewöhnlich erst am Samstagabend. Sie wolle ihm dafür aber auch eine halbpfündige Kerze stiften. Nun saßen sie zu dreien um den Tisch, lachten, griffen zu, stießen mit den dampfenden Kaffeeschalen auf das Wohl des fürsichtigen Schutzengels an und ließen ihn leben ›bis auf hundert Jahr nach der Ewigkeit‹, wie der Pfrointner seinen lustigen Trinkspruch spezifizierte.

Plötzlich hob Marti den Kopf und lauschte gegen den Hof. Von seinen Lippen schwand das Lächeln, ein merkwürdiges Zucken kam über seine Lider, und während er sich mit unruhiger Hand durch die krausen Haare fuhr, stammelte er:»Ich mein', sie kommt!«

»So? Kommt s' einmal!« fuhr der Pfrointner auf.»Na also, is ja recht! Da wird nacher bald alles auf gleich sein!«

Leichte Schritte klapperten draußen über die Steinplatten des Flurs, die Haustür krachte, wohl von einem Windzug erfaßt und zugeschlagen, und eine frische, wohlklingende Mädchenstimme ließ sich vernehmen:»Aber so ein Wind! Na! Grad anheben hab ich müssen, daß er mich net davongetragen hat!«

»Geh, Zäzil, geh eini in d' Stuben!« antwortete die kichernde Stimme einer Magd.»Ein Bsuch is drin! Du, da wirst schauen!«

»Was? Ein Bsuch? Bei so eim Wetter?«

Die Tür öffnete sich, und Zäzil erschien auf der Schwelle. Vom dunklen Hintergrund hob sich ihre schlanke, schmucke Gestalt in klaren Linien ab. Blühende Jugendkraft und schwellende Gesundheit sprachen aus den weichen und doch energischen Formen dieses Körpers. Ein dunkelbrauner, eng gefältelter Rock, mit weißer Schürze darüber, floß von den Hüften nieder und zeigte noch die blaugeflammten Strümpfe über den kurzen, nicht gerade zierlichen Halbschuhen. Um die volle Brust und die runden Arme spannte sich in faltenloser Knappheit ein schwarzes, gestricktes Leibchen, dessen roter Brustschild unter der breit ausgelegten Leinenkrause halb verschwand. Auf schlankem Halse saß ein runder Kopf, umwunden von den schweren, vom Sturm ein wenig zerzausten Flechten des rotbraunen Haares, davon sich ein paar kleine Löckchen über die sonnverbrannte Stirne kräuselten. Kein eigentlich schönes Gesicht, aber anziehend in seiner frischen Farbe, in dem eigenartigen Widerspiel seiner Züge. Ein kecker, fast männlich geschnittener Mund, und darüber zwei große, dunkle, träumerische Augen; dieses Gesicht war das klare Spiegelbild einer in sich geteilten Mädchenseele, in welcher unruhig Wetter mit warmer Sonnenhelle wechselte, eigenwilliger Trotz gegen stille Sanftmut kämpfte. Doch schien diese letztere im Augenblick nicht obenauf zu sein; das verrieten die geschürzten Brauen und die fest geschlossenen Lippen. Vielleicht hatte das Toben da draußen auch die Unruhe in dieser Mädchenbrust geweckt, die nach dem anstrengenden Gang im Sturme noch unter hastigen Atemzügen sich hob und senkte.

Mit einem verwunderten Blicke streifte Zäzil die Gesellschaft am Tische.»Schau... Martl... du bist da! Grüß dich Gott!« sagte sie halb lachend, halb im Tone gelinder Enttäuschung.»Jetzt hab ich schon wunder gmeint, wer kommen is, weil d' Resl draußen gar so eine Metten gmacht hat. Ja, was is denn? Schmeckt dir leicht der Kaffee nimmer daheim, weil dir bei uns ein aufkochen laßt?« Sie schüttelte den Kopf, als spüre sie noch die zausende Last des Sturmes, warf den kleinen, mit weißem Adlerflaum geschmückten Hut, den sie in der Hand getragen, auf die Platte des nebenanstehenden Schrankes und drückte die beiden Hände über die brennenden Wangen. Glühende Röte war über Martls Züge geflogen. Er wollte sich erheben, sich hinter dem Tisch hervorschieben. Der Pfrointner aber zog ihn auf die Bank zurück, und während die Bäuerin verlegen ihrer Tochter entgegentrippelte, um sie unter den stotternden Worten:»Aber Madl, geh sei gscheit... geh, da komm her...« zum Tische zu führen, schrie der Alte:»Bleib nur sitzen, Martl, in aller Ruh kannst sitzenbleiben, das sag ich dir! Und dir, Madl, dir sag ich: Du leg dir für heut ein anderes Reden ein! Heut kommst net aus mit deine gschnappigen Sprüch! Da komm her! Da setz dich her zu mir! Mach weiter! So! Und jetzt schau dir ihn an, den Martl... und sein Sträußerl am Hut! Spannst was, Schnoferl? Ja, grad ein bißl auflusen brauchst, nacher kannst die Trompeten blasen hören! Anschauen tu ihn... als Hochzeiter is er da... und dich will er haben! Von mir und der Mutter hat er 's Jawort schon, alles is ausgredt, schön und verstandsam, morgen is Sonntag, da kann dich der Pfarr zum erstenmal verkünden, und über vier Wochen schmirb ich meine alten Füß und tanz auf deiner Hochzeit! Grad einschlagen brauchst! Tummel dich, Madl, besser kannst es nimmer treffen!«

Da war nun Stille in der Stube, während draußen der Sturm sein Pfeifen und Rauschen trieb.

Zäzil stand und rührte sich nicht. Wie auf dem Gesichte des stillen Brautwerbers, der bald mit verlegenem Blick am Tischtuch hing, bald mit bangen Augen das stumme Mädchen streifte, so wechselten Röte und Blässe auch auf Zäzils Wangen.

»No also, Madl, was is jetzt? Red, sag ich, red!«

»Aber geh«, so suchte die Bäuerin den Alten schüchtern zu beschwichtigen,»was bist auch so rausgrumpelt damit ... schau an ... 's Madl is ganz erschrocken!«

»Ja, ja«, stotterte Martl und schluckte dabei,»schau, Zäzil, überleg dir's... schön in der Ruh ... und nacher red!«

Mit zitternden Händen knitterte Zäzil eine Weile an ihrer Schürze umher; dann nickte sie vor sich hin und sagte:»Besser kann ich's ja nimmer treffen, hat der Vater gmeint. Ah ja! Der schönste Hof, ein

Stall voll Roß und Vieh, die besten Wiesen und Äcker, ein ganzer Berg voll Wald ... lauter noblige Sachen! Ah ja! Ob aber neben meim Verstand bei mir was anders auch noch mitredt ... ob mir auch der Bauer gfallt, dem alles ghört ... nach so was braucht man ja bei mir net z'fragen!«

»Aber gwiß, Zäzil«, stammelte Martl, »ich selber frag dich drum ... ich selber.«

»Sie kommt ein bißl spät, dein Frag!«

Dem Pfrointner schwollen die Adern an den Schläfen, und ungeduldig schlug er die Faust auf den Tisch.

»Aber Bauer, geh, was treibst denn!« jammerte die Pfrointnerin.

Doch da fing der Alte schon zu wettern an: »Jetzt hab ich's gnug mit dem dalketen Gred. Der Martl hat in Ehren bei Vater und Mutter um dich anghalten. Was braucht's denn weiter noch? Bei mir und deiner Mutter war's auch net anders, und ich mein', du hast in deine zwanzig Jahr nix gemerkt, als wenn's bei uns zwei net zum Glück ausgschlagen wär. Da wird man extra für dich keine neue Mod erfinden. Und drum red jetzt, sag ich, und gib dem Martl ein richtiges Ja!«

Zäzils Augen funkelten, und ihre weißen Zähne nagten an den Lippen. Nun drückte sie den hübschen Kopf in den Nacken und murrte: »Na... ich mag net!«

Da standen sie alle beide auf den Füßen, Martl und der Pfrointner, und während Martl wortlos auf das Mädel starrte, bleich bis in den Hals, schrie der Alte: »«Was? Du magst net? Und warum net, wenn ich fragen darf?«

»Weil ich net mag... ich mein', das wär Grund gnug!«

»Hoho, du ... oder... oder bist mir am End gar verliebt in so ein Tagdieb?«

»Net daß ich wüßt! Und wenn ich ein möcht, so war er kein Tagdieb, der, den ich mag! Aber wenn der Martl schon weiter was hören will... ich laß mich net verhandeln wie ein Stückl Vieh, das man am Strickl aus'm Stall aussi führt und in den andern Stall eini. Ich mein', ich wär doch ein bißl ein bessern Handel wert als wie ein solchenen! Ah na! Auf so ein von alle Tag, der sich net weiter um mich plagt, als daß er auf'n Feierabend über'n Zaun ummisteigt, sein Spruch fürbringt und mit der Geldbutten scheppert, auf so ein steh ich net an... ich kann schon auf ein andern warten, der wo ...«

Ihre weiteren Worte erstickten unter der zornbrüllenden Stimme des Pfrointners.»Jetzt is gut! So ein Reden! Das is mir ganz was Neues! Oder meinst am Ende, unser Herrgott wird extra für dich ein Bsondern erschaffen ...«

»Ja, Vater, ja! Allweil gfallt's mir noch daheim, und 's Warten verdrießt mich net... 's Warten auf so ein Bsondern!«

Der kecke, selbstbewußte Klang dieser Worte machte den Pfrointner völlig starr. Martl zuckte schweratmend die Schultern und sagte mit schwankender Stimme:»No ja ... so ein Bsonderer bin ich freilich net... ich bin halt einer, wie die andern sind.«

»Wer weiß?« Und Zäzil lachte gezwungen auf.»Einer von die andern, wann's ihm z'tun gwesen wär um mich, der hätt sich doch ein Zeitlang gstellt danach, hätt mir diemal den Weg abgwart und wär auf d'Letzt gwiß net an mir vorbei zum Vater gangen. Aber du! ›Grüß Gott‹... ›Bhüt dich Gott!‹ und unter der Zeit einmal ein ›Zäzil, wie geht's dir?‹... das ist seit lange Jahr dein einziges Reden gwesen. Schau, da wundert's mich schier, daß grad auf mich denkt hast, weil jetzt eine Bäuerin brauchst. Ja, Martl, ja, ich weiß, du brauchst eine. Seit dem Frühjahr bist allein auf deim Hof... da wachst dir halt jetzt d' Arbeit und der Ärger mit die vielen Ehhalten übern Kopf. Aber laß dir raten, Martl... eine Bäuerin dingt man net ein wie eine Hauserin oder eine neue Magd, bei so eim Wetter, weil grad auf'm Feld draußen nix mehr schaffen kannst... oder am Samstag auf'n Abend, weil grad mit'm Dungführen fertig bist und ein paar Minuten Zeit zum Reden hast.«

»Ja Himmel Kreuz divi domine!« fluchte der Pfrointner.»Jetzt reißt mir aber der Faden, du ungute Gredl, du! Und wenn schon so blind bist, daß net zugreifst mit alle zwei Hand, muß man denn nacher so ein rechtschaffenen Menschen beleidigen auch noch?« Dabei rollte der Alte die Augen so grimmig, daß seine sanfte, weißhaarige Bäuerin alle Ursache gegeben fand, sich wieder aufs Beschwichtigen zu verlegen.

»Aber, Leutln, Jesses na!« so greinte sie. »Wer wird denn jetzt da ein Unfried durcheinander machen, 's Madl mag halt einmal net! So was kann man ja in der Güt auch ausreden! Seids doch gscheit, und... sie mag halt net!«

»Ja... sie mag halt net!« äffte der Pfrointner mit breitem Munde nach.

»No, ja, sie mag halt net!« kam es noch als ein kleinlautes Echo von Martls zuckenden Lippen. Aber seine heiser schwankende Stimme wurde klar und sicher, während er weiter sprach: »Und d' Nachberin hat recht... weswegen denn ein Unfried auch noch! Wenn 's Madl net mag, da is die ganze Sach schon ausgredt, für heut und alle Zeit. Aber... ein paar Wörtln hätt ich noch zum sagen.« Er schob sich hinter dem Tisch hervor, und da stand er nun hoch aufgerichtet und drehte den Hut zwischen den schwieligen Händen. In seinem kräftigen Wuchs und mit den breiten Schultern machte er eine stattliche Figur, die nur durch den langen, altvaterischen Flügelrock etwas Steifes und Schwerfälliges erhielt. Der ließ ihn auch älter erscheinen, als er sein konnte; denn während Zäzil in die Werktagsschule gegangen war, hatte Marti noch die sonntägliche Christenlehre besucht. Weit besser als das schwarztuchene Ungetüm hätte die kurze, graue Joppe mit grünen Aufschlägen und Hirschhornknöpfen zu diesem Kopf mit dem braunen Kraushaar gepaßt, zu diesem sonnverbrannten männlichen Gesicht mit dem kräftigen Schnurrbart über dem roten Mund und mit den blauen, ruhig ernsten Augen unter den dunklen Brauen, zwischen die das Leben und rastlose Arbeit schon eine merkliche Furche gezogen hatten.

Und diese Furche wurde tiefer und tiefer, der Blick dieser Augen immer ernster, fast traurig ernst, während Martl langsam vor das Mädl hintrat. »Ja, Zäzil, richtig hast es troffen, grad bei so eim Wetter bin ich kommen, weil im Feld draußen kein Bleiben nimmer war... und weil ich seit lange Wochen 's erstemal ein halbs Stündl Zeit ghabt hab. Es is schon so, z'erst kommt beim Bauer d' Arbeit und nacher erst sein Freud, und wenn's auch die einzig war, die er sich verhofft fürs Leben. Und da hast auch wieder recht, daß ich s' braucht hab ... die Bäuerin. Vorigs Jahr, kaum, daß ich von der Militari daheim war, is mir der Vater weggstorben, heuer im Fruhjahr hab ich d' Mutter eingraben, und so bin ich die ganze Zeit allein gstanden, und Tag um Tag hab ich mich plagen und umschauen müssen von aller Fruh bis in d' Nacht, daß mir der weitschichtige Hof auch schön in der Höh bleibt. Da hab ich freilich kein Zeit net ghabt zum Heimgarten, Tanzführen und Gasselgehen. Es liegt mir auch net im Blut, ich bin halt einmal keiner von die Bsonderen.« Ein bitteres Lächeln irrte um seinen Mund, während er mit langsamer Hand das Haar in die Stirne strich. »Aber no ... eine Bäuerin hab ich braucht...und kannst mir's glauben: net grad wegen der Arbeit. Net auf eine Hauserin hab ich denkt, sondern auf ein liebs und ein richtigs Weib. Und daß ich grad auf dich verfallen bin? No mein ... bist mir halt die nächste gwesen... so und so.«

Verdrossen hatte Zäzil zugehört. Jetzt aber hob sie die Augen. Dieses merkwürdige ›so und so‹ mochte ihr zu denken geben.

»Und schau, da hab ich mich halt eingestellt in der ersten Stund, wo mich d' Arbeit auslassen hat, und hab beim Vater um dich anghalten, wie's in der Ordnung is. Ich weiß net, aber ... daß dir's net recht sein könnt, das is mir gar nie net eingfallen. Und schad is! Hättst es recht gut ghabt bei mir als Bäuerin! Du magst net ... no ja ... da is jetzt weiter nix mehr z'reden – wenn ich auch mein', du hättst mir's ein bißl anders sagen können.« Da brach ihm die Stimme, und er räusperte sich, als wär ihm eine Schnake in den Hals geflogen. »Dir Pfrointner, sag ich Vergeltsgott für dein guten Willen ... und du, Nachberin, du mußt dich halt einmal anschaun lassen bei mir, daß ich dir dein Kaffee heimzahlen kann, den mir aufkocht hast ... für nix und wieder nix! Und also, bhüt Gott miteinander.«

Dabei ging der Martl mit langen Schritten zur Tür und riß das rote Nelkensträußlein vom Hut.

Zäzil rührte sich nicht. Die Arme über der Brust gekreuzt, so saß sie auf der Bank und guckte mit finsterem, fast feindseligem Blick dem abgeblitzten Brautwerber nach. Die Bäuerin eilte stotternd und schwatzend hinter ihm her. Der Pfrointner aber schlug mit der Faust auf den Tisch und schrie: »Kreuzsaxen! Martl! Bleiben tust mir! Da is noch lang net ausgredt! Martl! He! Martl!«

Doch hinter der Pfrointnerin und dem jungen Bründlbauer hatte sich schon die Tür geschlossen.

Nun fuhr der Alte auf, und über dem Haupte des schweigsamen Mädels brach das Unwetter los, nicht weniger stürmisch, als es draußen um die Mauern tobte. Was im Wortschatze des Pfrointners nur an Kraftausdrücken angesammelt lag, das kam an die Luft. Und zwischen Schelten und Toben machte sich der zornige Jammer breit, daß ihm die schönste Freude seines Lebens verdorben wäre. Was wäre das ein Staat und Stolz gewesen: die beiden Nachbarhöfe zu einem einzigen Hof verschmolzen und ein junger Bauer darauf wie der Martl! Und das alles hin und vorüber! Und auch die gute Nachbarschaft beim Kuckuck! Denn natürlich, der Martl braucht eine Bäuerin, er konnte sie finden über Nacht, und die würde es dann den Pfrointnerischen gewiß nicht vergessen, daß Martl den Weg zu ihr nur an der Zäzil vorüber gefunden hatte.

»Grad zerreißen könnt ich dich, du Urschl, du narrische!«

Das wäre der Dank, den man von seinen Kindern hätte! Aber er wüßte schon, diese verzwickten Ideen wären nicht in Zäzils eigenem Kopfe gewachsen, das könnte er von seinem eigenen, gesunden Fleisch und Blut nicht glauben. Nur die verflixten Stadtleute wären daran schuld, mit denen sich Zäzil während des Sommers allzuviel abgegeben hätte, besonders die ›bleichsüchtige, überspannte Gredl‹, die mit ihren Eltern droben im oberen Stockwerk gewohnt hätte und den lieben langen Tag mit ihren ›narrischen Büchln umeinandergehockt‹ wäre.

»Aber da schieb ich für alle Zeiten ein Riegel vor! Im nächsten Sommer versperr ich alle Türen im oberen Stock, und der Schlag soll mich treffen, wenn ich nochmal so ein Stadtfrack zu meiner Haustür einischmecken laß! Und du... das kann ich dir sagen... du laß dir 's Warten net verdrießen – auf dein Bsonderen!«

Nach diesen Worten stapfte der Pfrointner zur Stube hinaus und schlug hinter sich die schwere, eichene Tür zu, daß ein Dröhnen und Zittern das ganze, festgebaute Haus durchlief.

2

In geduldigem Schweigen hatte Zäzil den väterlichen Sturm über sich ergehen lassen. Das Mäulchen schmollend aufgeworfen, war sie auf der Bank gesessen und hatte mit den vorgestreckten Fußspitzen kleine Kreise beschrieben, so, wie andere Leute in einer nachdenklichen Minute die Daumen drehen. Jetzt, da die Luft wieder rein geworden, blickte sie tiefatmend auf und drückte unter unsicherem Lächeln die beiden Hände an die Schläfen, als könnte sie mit diesem Druck die dunkel wirbelnden Gedanken beschwichtigen, die ihr Köpfchen zu durchstürmen schienen. Glühende Röte brannte auf ihren Wangen, und ein feuchter Schimmer zeigte sich in ihren Augen.

Da hörte sie draußen im Hausflur eine fremde Stimme und gleich darauf im Hof einen leichten Schritt, der sich flink davonmachte. Nun kam die Mutter in die Stube, blieb vor Zäzil stehen, strich die blaue Schürze über dem Bäuchlein glatt und schlug dann jammernd die Hände ineinander:»Madl! Was hast denn da jetzt angstellt! Ganz auseinand is er, der Vater!«

Zäzil aber schien durchaus nicht in der Laune, nach dem Gewitter, das der Vater ihr gemacht, nun auch noch ein mütterliches Wetterleuchten hinzunehmen.»No ja«, schmollte sie,»deswegen bleib ich noch lang net ledig! So ein Lebzelten, wie der einer is, kann ich mir in jedem Standl kaufen!« Trotz dieser Meinung hielt sie es für geraten, nach einer Ablenkung zu suchen.»Was is denn? Was hat's denn grad geben im Hausgang draußen? Wer war denn da?«

»Jesses, ja, denk dir, dem untern Wirt sein Madl is dagwesen und hat gfragt, ob das kleine Büberl von dem Maler und seiner Frau, die seit vier Wochen beim Wirt drunt loschieren, net zu uns auffikommen wär? 's Büberl geht ab seit heut mittag, und bei dem fürchtigen Sturm hat halt sein Mutter so viel Angst...«

»Jetzt is gut!« fuhr Zäzil erschrocken auf.»Um Gotts willen! 's Büberl wird doch net in See aussi gfahren sein?«

»Wie kommst denn auf so ein Gedanken?«

»Weil ich 's Büberl nach'm Essen bei die Schiffhütten gsehen hab. Allweil hat's umbandelt an eim von die kleinen Schifferln. Und ich hab ihm noch gsagt: ... ›Geh, Schlankerl‹, hab ich gsagt, ›daß mir fein net aussifahren tust, denn weißt, es könnt noch ein Wetter geben heut!‹ Aber's Bübl hat in d'Höh auffigschaut, wo der Himmel um und um blau gwesen is, und völlig ausglacht hat er mich, ja.«

»Mein Gott, o mein Gott!«

»Mutter, was meinst? Soll ich net nunter springen zum Wirt?«

»Ja, Madl, lauf, was d' laufen kannst.«

Und ohne Hut, wie sie war und stand, eilte Zäzil davon. Als sie ins Freie trat, fuhr ihr der pfeifende Sturm mit solcher Gewalt entgegen, daß ihr der Atem verging und daß ihre Röcke flatterten und rauschten. Mit dem ›Laufen‹ ging es nun freilich nicht so leicht; sie hatte den heulenden Wind gegen sich und kam nur langsam vorwärts. Während sie das Gattertürchen des Hofraumes hinter sich zuwarf, streiften ihre Blicke das anstoßende Gehöft, und da lachte sie gezwungen auf:»Den schau an! Gar net dran denkt hat er, daß ich ihn net mögen könnt! So einer!« Und mit trotzig erhobenem Kopf schritt sie weiter. Drunten auf der Straße kam sie etwas flinker von der Stelle, da die mächtigen, eng stehenden Linden die Gewalt des Sturmes ein wenig brachen. Aber bald verschwand sie in wirbelndem Staube, bald wieder in einer Wolke der welken Blätter, die der Sturm von allen Bäumen riß und mit sich führte als sein raschelndes Spielzeug.

Als sie die Seelände erreichte, fand sie vor dem von Schaum und Wasser überspülten Ufer bereits eine Gruppe erregter, schreiender Menschen. Die Nachricht, die Zäzil bringen konnte, war schon überholt. Man hatte den Abgang eines Kahnes entdeckt, und einer der hemdärmeligen Buben, die mit verschüchterten Gesichtern umherstanden, war auf das Dach der höchsten Schiffshütte geklettert und hatte weit draußen im See den auf den wild empörten Wellen hilflos schaukelnden Nachen erspäht. Manchmal glaubte man auch die kreischenden Rufe des Knaben durch das Pfeifen und Rauschen von Sturm und Wasser zu hören. Auch Versuche zur Rettung waren schon unternommen worden. Aber es hatte sich als Unmöglichkeit erwiesen, mit einem Nachen aus einer der Schiffshütten hinauszufahren, in denen der Wellenschlag die an rasselnden Ketten hängenden Kähne durcheinanderschleuderte wie gewichtlose Späne. So hatte man einen Nachen zuerst aus der Schiffshütte ans Land gezogen und an das offene Ufer geschleppt. Aber jeder Versuch, den Kahn auf das freie Wasser zu bringen, war mißlungen – immer hatten ihn die anstürmenden Wellen wieder an das Ufer zurückgeworfen. Darüber war den wenigen, die der Reihe nach das Wagnis zu unternehmen versuchten, die Kraft und der Mut geschwunden. Ratlos standen sie umher, während die Mutter des Knaben, eine schlanke, zarte Dame, mit schluchzendem Jammer von einem zum anderen eilte, jeden unter Tränen anflehend, ihr armes Kind zu retten. Über Zäzils Wangen rannen die hellen Tränen beim Anblick der verzweifelten Mutter, deren gelöste Haare im Sturme flatterten und deren dünnes Kleid gepeitscht wurde vom Winde, überspritzt von Schaum und Nässe.

Und während hier diese ergreifende Szene sich abspielte, ließ sich plötzlich aus dem nahen, bis an den See herantretenden Bergwald der fröhliche Gesang einer hell und markig klingenden Männerstimme vernehmen. Das mußte ein Holzknecht sein, der jetzt, am Sonnabend, von der Arbeit zurückkehrte, die ihn eine Woche hoch droben in irgendeinem Waldwinkel der Berge zurückgehalten hatte.

Das war ein Bild des widerspruchsvollen Lebens im Kleinen: hier die schluchzende Verzweiflung und hundert Schritte daneben die jauchzende Freude, die der wehende Sturm noch zu steigern schien, während er draußen auf den empörten Wellen ein junges Menschenleben dem Tod in die Arme schleuderte.

Schon wurde die Gestalt des Sängers zwischen den Bäumen sichtbar, und man konnte die Worte seines Liedes verstehen:

»Ich bin ein frischer Wildbretschütz, juchhe!
Steig auf die Berg mit meiner Büchs, juchhe!
Und wo mir tut ein Gamserl gfalln,
Laß ich mein Stutzen knalln... juchhe, juchhe!

Grad sakrisch bin ich bei der Schneid, juchhe!
Ich fürcht kein Teufl, fürcht kein Leut, juchhe!
Ein einzigs grad hat mehrer Gwalt:
Ein Madl, das mir gfallt... juchhe, juchhe!«

Nun ging das Lied in einen hallenden, mit hohen Kopftönen verschnörkelten Jodler über, der mit einem gellenden Jauchzer endete.

Unter den Bäumen trat ein etwa dreißigjähriger Bursche hervor, der nach seinem ganzen Äußeren sich ansah wie die menschgewordene Verwegenheit. Schief und trotzig saß der Spitzhut, darauf die Spielhahnfeder gleich einem kleinen schwarzen Fähnlein im Sturme flatterte, über dem struppigen Blondhaar. Lustige Augen blitzten aus dem von der Sonne dunkelgebrannten Gesichte, und über dem lachenden Munde saß ein langgezwirbelter weißblonder Schnurrbart, der sich vom Winde zausen ließ. Die graue Joppe, die kurze Lederhose und die ehemals grünen Strümpfe waren so sehr verwittert, daß sie sich kaum mehr in der Farbe unterschieden. Zwei kleinen, schlecht geteerten Schleppkähnen glichen die plumpen schwergenagelten Schuhe – und dennoch schritt der Bursch in ihnen so frisch und leicht daher, als hätte er dünnes Leder unter den Sohlen. Die Daumen der sehnigen Fäuste staken hinter dem Gürtel, und neben dem Rucksack trug er über den Schultern, wie der Jäger seine Büchse trägt, die langgestielte Axt des Holzknechtes – ein Bild urwüchsiger Kraft.

Aller Augen hatten sich dem Burschen zugewandt, einer der Bauern aber faßte den Arm der jammernden Frau und sagte:»Jetzt, Frauerl, jetzt kommt einer, der 's Fahren vielleicht noch wagen könnt. Der is in die höchsten Wänd daheim wie ein Gams und im Wasser wie ein Fisch.«

»Ja, der Holzersepp«, stimmte ein anderer bei, »das is gar ein Bsonderer!«

Ein Besonderer! Zäzil hatte just daneben gestanden, als dieses Wort gefallen war. Es hatte sie getroffen wie ein Schlag. Die Blässe ihrer Wangen war jäh in flammende Röte verwandelt. Mit scheuem Blick streifte sie den Sprecher, dann sah sie mit großen Augen dem Burschen entgegen, der flinken Schrittes näher kam und neugierig die erregte Gruppe am Ufer betrachtete. Einer aus dem Dorfe war das nicht – Zäzil hatte soeben zum erstenmal seinen Namen gehört. Der Holzersepp! Wohl aber meinte sie, daß sie ihn im Laufe des Sommers schon ein paarmal gesehen hätte. Doch konnte sie sich nicht erinnern, daß er ihr um irgendeines Umstandes willen besonders aufgefallen wäre. Freilich – ein Holzknecht!

Jetzt verhielt der Bursch seine Schritte und rückte verlegen den mürben Hut. Die Mutter des Knaben stand vor ihm, die schöne Stadtfrau, mit zitternden Lippen, die keine Sprache fanden, mit angstvollen Augen, aus denen die Zähren rannen, und während das gelöste Haar um ihre zarten Schultern flatterte, hob sie in stummer, verzweiflungsvoller Bitte die verkrampften Hände zu dem Burschen auf.

»Frauerl, was is denn? Was möchten S' denn von mir?« fragte der Holzknecht, halb lachend, halb erschrocken.

Die Leute, die sich um die beiden zu einer Gruppe drängten, erklärten ihm rasch, um was es sich handle.

Da warf er einen wägenden Blick über den weiß schäumenden See. »Und ich soll eini fahren? Jetzt?«

»Ja, Sepp, du!« schrie ein alter Bauer. »Wenn du dich nimmer traust ... ein anderer fahrt eh nimmer.«

Das Gesicht des Burschen verzog sich zu breitem Lachen, und in geschmeicheltem Stolze legte er den Kopf zurück. Eine Sekunde schwieg er – und während dieser Sekunde hing die verzweifelte Mutter mit Blicken voll verzehrender Angst an seinem Munde – dann schleuderte er den Hut in die Luft und rief: »No also! Ihr Hasenlöffel übereinander!« Mit groben Armen stieß er die Umstehenden beiseite, sprang dem Ufer zu und hatte im Hui die Axt, den Rucksack und die Joppe abgeworfen. Der Sturmwind fuhr in die Löcher des zerrissenen Hemdes und blähte die graue Leinwand gleich einer Kugel auf. In sprudelnden Worten erzählten die Männer dem Burschen, was sie schon unternommen und wie sie sich vergebens geplagt hätten, den Kahn ins freie Wasser zu bringen. »Natürlich, so hat's freilich net gehn können! Der Wasserschlag muß ein ja wieder zruckwerfen, vor's Ruder Kraft kriegt!« schnauzte er sie an, spuckte in die Hände und packte den Kahn, der halb am Ufer lag und unter den anstürmenden Wellen schwankte. Mit gewaltigem Ruck stülpte er den schwerfälligen Nachen um, so daß das Wasser, das ihn fast zur Hälfte füllte, gurgelnd ausfloß. Dann stemmte er der Reihe nach jedes der drei Ruder, die zur Hand waren, mit der Schaufel gegen die Erde, prüfte jedes mit grobem Druck auf seine Festigkeit und warf es in den Kahn. Unter schreienden Ratschlägen umdrängten ihn dabei die anderen; die Mutter des

Knaben, schluchzend und stammelnd, wich keinen Schritt von seiner Seite – nur Zäzil stand allein, aber ihre Wangen brannten, und mit blitzenden Augen verfolgte sie jede Bewegung des Burschen.

Raschen Griffes prüfte Sepp noch den geflochtenen Weidenring, in dem das Steuerruder zu führen war, dann rief er:»So! Und jetzt kann's losgehen!« Er stieß die schweren Schuhe von den nackten Füßen, packte die lange, eiserne Kette, die am Schnabel des Schiffes befestigt war – und da schrien sie nun alle auf – mit einem weiten Satz war Sepp in den See gesprungen. Eine hohe Welle rauschte über ihn weg, aber er tauchte schon wieder auf, und lachend, mit triefendem Kopfe, stand er wie angepfählt im Wasser, das ihm, zwischen Welle und Welle, kaum über die Hüfte reichte. Mit beiden Händen zog er an der Kette, knirschend glitt der Kahn vom sandigen Ufer ins Wasser – und da erkannte man seine Absicht: Er wollte den Nachen auf solche Weise in den offenen See hinausschleppen, da das Ruder gegen den gesteigerten Wellenschlag am Ufer machtlos war und der Sturm den Nachen immer wieder platt an die Lände drücken mußte, bevor noch die Wirkung des Ruders zur Geltung kam. Alle riefen ihm Beifall zu, und dann wieder schrien sie wirr durcheinander:»Jesus Maria! Zäzil, Madl! Was machst denn? Bist denn narrisch?«

Sepp hatte ein Poltern im Kahn gehört, hatte gefühlt, wie sich die Kette straff gezogen – er wandte das Gesicht, und da sah er das Mädel im Schiffe stehen, schon mit dem Ruder in der Hand.

»Sakra! Madl!« staunte der Holzknecht.»Du bist aber eine Schneidige!«

Und Zäzil erwiderte mit bebender Stimme:»Wenn keiner's Kurasch net hat ... ich hab's ... daß ich dich net allein fahren laß!« Nun saß sie schon auf der Bank und schob das Ruder in den Weidenring.

»Na also, da kann's ja nimmer fehlen, wenn ich ein solchen Beistand hab!« lachte Sepp. Und als hätte er nun doppelte Ursache, seine Kraft und Unerschrockenheit zu zeigen, so schwang er die eiserne Kette über die Schultern und tauchte keuchend gegen die rauschenden Wellen an, den Nachen Schritt um Schritt hinter sich herschleppend, wobei ihm Zäzil mit kräftigen Ruderschlägen zu Hilfe kam. Und immer wieder wandte sie mit flüchtigem Blick das

Gesicht nach dem Burschen, der immer häufiger unter den Wellen verschwand und dem das Wasser schon bis zum Halse reichte. Und endlich rief sie ihm in Sorge zu:»Laß's gut sein jetzt... und komm... steig ein!«

Er nickte mit seinem triefenden Kopf, warf, als hätte er nur auf diese Mahnung gewartet, die Kette von sich, packte den Nachen am Rand und schob ihn mit kräftigem Ruck an sich vorüber. Am Steuerende hielt er sich fest, wartete eine hohe Welle ab, und als sie vorüberrauschte und das Hinterteil des Schiffes tief niedersank, warf er sich mit raschem Schwung hinauf, erhaschte mit beiden Knien die Wand des Schiffes und schob, vollends in den Nachen kletternd, schon das lange Steuerruder in den Weidenring. Nun schüttelte er den Kopf, daß ihm die dicken Tropfen aus den Haaren flogen, richtete sich, das Ruder fassend, hoch auf und lachte das Mädel an, das staunend zu ihm aufsah. In dünnen Fäden rann das Wasser von ihm nieder, der Sturmwind klatschte ihm das nasse Hemd und das triefende Leder der Hose platt an den Leib – ihn aber schienen weder Nässe noch Sturm zu kümmern und zu hindern. Seine Hände waren gleich eisernen Klammern um den Schaft des Ruders gespannt, und er arbeitete mit der ganzen Wucht seines geschmeidigen Körpers, jeden seiner weit ausholenden Ruderschläge mit einem taktmäßigen Tritt und jenem keuchenden ›Heßß‹ begleitend, das man von Holzknechten, wenn sie einen Baum fällen, bei jedem Axtschlag hören kann. Und Zäzil saß vor ihm, mit Anstrengung aller Kräfte ihr Ruder führend. Ihre Röcke bauschten sich auf, ihre Schürze flatterte, und die losgegangenen Zöpfe ringelten sich wie rote Schlangen um ihren Nacken. Der wilde Sturm umrauschte die beiden, das Wasser umflutete sie, und die anrollenden Wellen klatschten gegen den springenden Kahn und übersprühten ihn mit Schaum und Tropfen. Dabei hörten sie hinter sich das laute Beten der Leute und im See die gellenden Hilferufe des Knaben, die näher klangen und immer näher.

Nur manchmal schaute Sepp über den wogenden See hinaus, um nach dem bedrohten Nachen zu spähen. Zwischen diesen Blicken hingen seine kecken, blitzenden Augen fast unablässig an dem Gesicht des Mädchens. Und auch Zäzil verwandte kaum einen Blick von ihm. Wenn sie auf die stürmenden Wellen sah, konnte sie sich eines geheimen Grauens nicht erwehren – aber sie brauchte nur zu ihrem Gefährten aufzublicken, um angesichts seiner ausdauernden Kraft und seiner behenden Unerschrockenheit sich beruhigt zu fühlen, im taumelnden Kahn so sicher wie auf festem Boden. Dieses Gefühl der Sicherheit, das von ihm überging in ihre Seele, wich freilich wieder einem zitternden Bangen, als sie dem gefährdeten Schifflein sich näherten, das gleich einer Nußschale von den schäumenden Wellen umhergeworfen wurde.

Es war auch höchste Zeit, daß sie kamen. Der Kahn, an dessen Bretter der schreiende Knabe in Todesangst sich klammerte, war über die Hälfte schon mit Wasser gefüllt und drohte jeden Augenblick zu sinken. Der Breite nach trieb er vor dem Sturme, vor jeder ansteigenden Welle neigte er sich auf die Seite; die Hälfte des Wassers, das ihn füllte, rauschte über die Planke hinaus, und im nächsten Augenblick übergoß ihn die gebrochene Welle mit einer neuen Sturzflut.

Als Zäzil das Gesicht wandte und den kreischenden Knaben sah, dessen Körper in dem geschüttelten Nachen von Planke zu Planke taumelte, wurde sie bleich und stammelte:»Jesus Maria!«

Aber da rief ihr Sepp schon zu:»Net fürchten, Madl! Grad Obacht geben! 's Ruder laß aus und halt dich am Brettl an mit alle zwei Händ.«

Wortlos folgte sie seiner Anweisung. Da holte er zu einem letzten, kraftvollen Ruderschlag aus, und einem springenden Fische gleich schoß der Kahn über die anrollende Welle empor, um im nächsten Augenblick mit seinem Schnabel krachend gegen den führerlos treibenden Nachen zu stoßen. Zäzil wankte auf ihrem Sitz, während drüben im anderen Kahn der Knabe zu Boden geschleudert und von Wasser überschüttet wurde, so daß sein angstvolles Geschrei in gurgelnden Lauten erstickte. Sepp aber stand hochaufgerichtet am Steuer, mit lauerndem Blick den anderen Nachen verfolgend, der sich unter dem Zusammenstoß jählings drehte. Jetzt lagen die beiden Schiffe Seite an Seite, nun drohten sie aneinander vorüber zu treiben – Zäzil schrie vor Sorge um den Knaben – Sepp aber hatte schon mit der Linken das Ruder aus dem Wasser gedrückt und mit der Rechten hinübergegriffen, um das Bürschlein am Kragen zu haschen. Der Griff gelang – so leicht wie ein Ball schwang Sepp den triefenden Knaben in den Kahn herüber und stieß ihn dem Mäd-

chen zu, das ihn mit beiden Armen fing. Ein wuchtiger Ruderschlag, ein Rauschen und Aufwirbeln des Wassers, und wie ein
Kreisel flog das Boot herum, den Schnabel nach dem Ufer kehrend.

Gewonnen!

Einen gellenden Jauchzer schickte Sepp in das Tosen des Sturmes;
schreiender Jubel antwortete vom Lande, und vor dem Sturme trieb
der sicher geführte Kahn mit rauschender Eile dem Ufer zu.

Mit beiden Armen hielt der gerettete Junge Zäzils Hüften umschlungen und drückte wimmernd sein Gesicht in ihren Schoß.
Auch ihr rannen die Tränen über die Wangen, während sie dem
heftig Zitternden mit herzlichen Worten zusprach. Sie wollte wieder
zum Ruder greifen, Sepp aber rief ihr lachend zu:»Laß's gut sein,
Madl! Brauchst dich nimmer z'plagen! Heimzu geht's von selber!«
Er hatte recht – er brauchte ja selbst kaum das Ruder zu rühren; als
lebendiges Segel stand er im Schiff und hatte nur manchmal die
Schaufel steuernd zu drehen, damit der Nachen nicht aus der gera-
den Richtung kam. Dazu lachte und jauchzte er, und wenn der
Nachen über den schäumenden Wellen hoch aufstieg und spritzend
niederklatschte, wiegte er sich in den Knien wie bei lustigem Tanz.
Und da hub er nun gar zu singen an, jenes gleiche Lied, das er ge-
sungen hatte, als er unter den Bäumen hervorgetreten war.

Und Zäzil saß, hielt den weinenden Knaben mit beiden Armen
umschlungen, lauschte dem Rauschen der Wellen, dem Tosen des
Sturmes, dem jauchzenden Gesang und schaute lächelnd, mit leuchtenden Augen zu dem kecken Sänger auf.

Und wie die Wellen im See, so wirbelten Gedanken und Empfin-
dungen in ihrem Kopf und Herzen durcheinander. Sie konnte
träumen, sie hatte ja nichts zu fürchten – es war ja er im Kahne. Ihre
Wangen brannten – unwillkürlich übersann sie noch einmal, was in
diesen Minuten geschehen – und da überkam sie wie ein Rausch
der Gedanke, daß sie teilhatte an dieser schönen Tat, die er begonnen mit beispiellosem Mute. Alles verklärte sich vor ihren Augen;
sie fühlte nicht, daß er diese gewagte Fahrt nicht unternommen
hatte wie ein ernstes Werk der Rettung, sondern wie einen tollen
Streich; sie sah in ihm nur den Unerschrockenen, den mutigen Ret-
ter, der es einer verzweifelten Mutter zulieb allen anderen zuvorge-
tan. Allen war der Mut gesunken vor dem stürmenden See, keiner

hatte die böse Fahrt gewagt, an der eines Kindes Leben hing – nur er allein, der eben anders war als all die anderen, er, dieser Besondere. Und was in ihr vorging, was sie sann und fühlte, das leuchtete in deutlicher Sprache aus ihren Augen...

Da war das Ufer! Die ganze Lände von schreienden Menschen besetzt; allen voran die schluchzende Mutter des Knaben, die schon die Arme nach ihrem Liebling streckte, an ihrer Seite der Vater, der inzwischen herbeigekommen, nachdem er seinen Buben im ganzen Dorfe vergebens gesucht.

»Jetzt, Madl, gib Obacht«, lachte Sepp, »jetzt kann's ein Rumpler setzen!«

Da fuhr der Nachen auch schon mit krachendem Stoß ans Land, ein schäumender Wasserguß schlug über ihn her, die drei im Kahne wankten und stürzten, aber zwanzig Hände waren schon bereit, ihnen aufzuhelfen und das Boot festzurammen. Lachend und weinend riß die Mutter ihr wiedergewonnenes Kind ans Herz, während der Vater einen Lodenmantel um den nassen Körper des Buben legte.

»Sakra, das hat Schwitzen kostet!« kreischte Sepp, als er auf festem Boden stand, und fuhr sich mit den Armen über die Stirn. Dann trat er auf Zäzil zu, die in einer Gruppe von schwatzenden Leuten stand, die Hände an ihre Schläfen pressend, mit halb geschlossenen Augen, als lag es über ihr wie eine Betäubung.

»Brav hast dich ghalten, Madl! Grad loben muß ich dich!« sagte er.

Sie blickte nicht auf zu ihm; doch brennende Röte flog über ihr Gesicht.

»Aber weißt... ein richtigen Dank, mein' ich, hätt ich mir wohl verdient... und schau, da därfst net harb sein, wenn du die erste bist, von der ich zahlt sein möcht.«

Noch ehe sie den Sinn seiner Worte zu verstehen wußte, hatte er sie mit beiden Armen umschlungen und einen Kuß auf ihren Mund gedrückt.

Die Umstehenden johlten vor Vergnügen. Zäzil aber riß sich zornig los, schlug die Hände vor das glühende Gesicht und rannte davon, der Straße zu, unter deren wogenden Bäumen man schon die Dämmerung des Abends merkte.

Lachend blickte Sepp ihr nach und streckte dann die offenen Hände, in die der Vater des geretteten Knaben seine Börse leerte.

3

Über dem sturmdurchtobten Tale lag schon das Zwielicht des späten Abends, als Zäzil das väterliche Haus erreichte. Vor dem Zauntor mußte sie stehenbleiben, um Atem zu schöpfen, so rasch war sie über den Hügel heraufgestiegen. Dabei verirrten sich ihre Blicke in den Nachbarhof hinüber. Dort war die Eckstube schon erleuchtet, und Zäzil sah durch das helle Fenster den Tisch und daran den jungen Bründlbauer, der mit einer Schreiberei beschäftigt schien. Martl war ja, wie die Leute im Dorf sagten, ein ›Büchlbauer‹, einer, der allabendlich seine Einnahmen und Ausgaben säuberlich zu buchen pflegte.

Zäzil drückte den Kopf in den Nacken und lachte ein wenig gezwungen auf. Es kam ihr vor, als könnte der Korb, den sie vor einigen Stunden ausgeteilt, den Martl nicht sonderlich schmerzen, da er jetzt, wo ihm doch von Zäzils Worten das Ohr noch klingen mußte, so ruhig hinter dem Tische sitzen und bedächtig niederschreiben konnte, was er heute an Tag- und Fuhrlohn ausgegeben, für Butter und Eier eingenommen hatte.

Noch einmal blickte Zäzil hinüber, verzog den Mund und trat, das Gatter hinter sich zuschlagend, in den Hof. Mit freundlichem Gebell sprang ihr ein großer zottiger Hund entgegen. Das Tier wollte sich scherzend an ihr aufrichten, machte aber plötzlich einen ernsten Eindruck, schnupperte an dem Rocke des Mädchens, der vor Nässe klatschte und schüttelte die Ohren. Zäzil lachte, aber jäh verging ihr dieses Lachen wieder, als sie aus der Stube die laute Stimme des Vaters herausklingen hörte. Da drinnen mußte sich das Gewitter noch immer nicht verzogen haben. Und wenn sie jetzt in das Zimmer trat, in diesem Aufzug, mit dem durchnäßten Gewand, mit den verwirrten Haaren, brennenden Gesichtes, welch ein Staunen und Fragen hatte sie da zu erwarten! Und sie fühlte, daß sie alles vermöchte, nur nicht das eine: Rede und Antwort zu stehen über die verflossene Stunde.

Mit leisen Schritten trat sie in den Flur, schlich pochenden Herzens an der Stubentür vorüber, huschte die Treppe hinauf und schloß sich in ihrem kleinen Stübchen ein, das in dem rückseitigen, nach dem Bründlhof blickenden Erker gelegen war. Einige Sekunden stand sie lauschend, dann streifte sie die nassen Kleider ab und schlüpfte ins Bett. Da hörte sie schlurfende Tritte über die Treppe hinaufsteigen, und gleich darauf rührte eine Hand die Klinke und rüttelte an der verschlossenen Tür.

»Madl, was is denn?« klang die Stimme der Pfrointnerin. »Bist denn schon daheim? Und weswegen hast denn zugsperrt?«

Zäzil drehte das Gesicht an die Wand und zog die Decke bis an den Hals.

»So sei doch gscheit und gib an!« grollte die Stimme draußen. »Was is denn das für eine Manier? Geh weiter und mach auf!«

Im Stübchen rührte sich nichts.

»Da hört sich aber doch alles auf!« zürnte die Pfrointnerin und rüttelte von neuem an der Tür. »So eine Narretei is ja doch noch nie net dagwesen! Mach auf, sag ich ... mach auf! Drunt in der Stuben steht d' Suppen am Tisch. Drum schau, daß d' abikommst, sonst wird der Vater am End noch harber, als wie er eh schon is!«

Sie hatte gut brummen, die Pfrointnerin. Doch als sie nach kurzer Pause ihr Schelten abermals begann, hörte man vom Hausflur herauf die zornige Stimme des Pfrointners: »Was is denn do droben für eine Metten?«

»'s Madl is daheim, hat sich eingeschlossen und gibt mit keiner Silben net an.«

»So laß ihr halt ihren Willen, der bockbeinigen Nocken! Sie wird schon wissen, warum s' mir heut nimmer vor d' Augen kommt!«

Drunten wurde eine Tür zugeschlagen, draußen aber hörte man die Pfrointnerin seufzen und hörte ihre schlurfenden Tritte über die Treppe hinunter sich entfernen.

Zäzil lachte ganz leise vor sich hin; aber seltsam, mitten in diesem Lachen begannen ihr die Lippen zu zittern, und Tränen kollerten über ihre Wangen. Sie fuhr sich über die Augen, richtete sich auf, lauschte und starrte eine Weile ziellos in das Dunkel der Stube. Mit zitternden Fingern begann sie ihre verwirrten Zöpfe aufzulösen, schüttelte ein paarmal das offene feuchte Haar und flocht es von neuem. Dann ließ sie sich auf die Kissen zurücksinken und legte die Wange auf die gefalteten Hände.

Draußen tobte der Sturm um das dunkle Haus, pfiff und heulte um die Mauerecken, rüttelte an allen Fensterläden, klatschte gegen die Scheiben und raschelte im welken Laub des wilden Weins, der vom Boden bis über das kleine Fenster von Zäzils Stübchen den Erker mit seinen Ranken umsponnen hielt.

Draußen tobte der Sturm – man konnte den See nicht rauschen hören – und dennoch hörte Zäzil nicht dieses Heulen, Knarren und Rascheln, sie hörte nur immer die dumpfe Sprache der schlagenden Wellen, das tiefe Murmeln der rollenden Wogen. Über all ihre Sinne kam ein Wiegen und Schaukeln, als läge sie träumend im schwankenden Boot. Hoch über sich erblickte sie den wolkenlosen Himmel im zart getönten Blau des Abends und ringsumher, ohne Grenzen weit, den tanzenden See und seine grünen Fluten, von weißem Schaum übergossen. Und aus den springenden Wellen stiegen vor den träumenden Augen des Mädchens bunte Gestalten und Bilder auf: die unerwartete Werbung – der Vater in seinem Zorn – die gute Pfrointnerin, jammernd und seufzend – das lachende Bürschlein bei der Schiffshütte – die schreienden Leute am Ufer – die verzweifelte Mutter, und dann ...

Wo hatte sie ihn nur früher schon gesehen, diesen Menschen, diesen kecken? Einmal in der Kirche, ja! Und ein andermal vor dem Wirtshaus. Aber noch früher? Sie sann und sann. Dann plötzlich fiel es ihr ein. Im vergangenen Frühjahr war's. Da hatte der Föhnsturm auf dem Schneeberg droben, unweit von der Alm des Pfrointners, eine breite Gasse durch den Wald des Bründlbauern gebrochen. Zu vielen Hunderten waren die gestürzten Stämme durcheinander gelegen, und Martl hatte nur mit Mühe die zum Aufarbeiten des Windbruchs nötige Zahl von Holzknechten zusammengebracht. Ihrer ein Dutzend war von weitentlegenen Dörfern verschrieben worden. Und da war eines Sonntagabends auch einer auf die Pfroint gekommen, ein verwegen aussehender Bursch, und hatte nach dem Bründlbauer gefragt. Zäzil selbst war es gewesen, die ihn hinübergewiesen hatte in den Nachbarhof. Dort mußte er wohl über Nacht geblieben sein, denn am andern Morgen hatte Zäzil gesehen, wie der Fremde, die Axt hinter dem Rücken, mit anderen Holzknechten den Bründlhof verließ.

Ein Knecht des Martl also!

Zäzil kicherte leise vor sich hin, als sie zu diesem Schlusse kam. Es war keck von ihm gewesen, unverschämt, sie zu küssen, so vor allen Leuten zu küssen. Heiß schlug ihr das Blut in die Wangen, als sie dieses Kusses dachte. Aber eines mußte sie zugestehen: Er hatte den Kuß verdient. Und nun war es ihr gerade recht, daß es vor allen Leuten geschehen war. Die würden es gar flink herumreden im ganzen Dorf, und so mußte es auch dem Martl zu Ohren kommen. Das gönnte sie ihm! Mit lächelnder Freude dachte sie daran, wie er sich ärgern würde. Er, der Herr, der reiche Bauer, hatte sich einen Korb bei ihr geholt – und der arme Knecht, der bei ihm in Lohn und Arbeit stand, hatte sich bei ihr einen Kuß verdient – und wer weiß – vielleicht noch mehr als einen Kuß! Wie ihn das treffen mußte, den hochmütigen Menschen, der in seinem Bauernstolz gar nicht daran gedacht hatte, daß sie ihn nicht mögen könnt'.

Sie lachte boshaft vergnügt bei diesem Gedanken; und da sah sie ihn plötzlich vor ihren Augen stehen, in dem langen, altväterlichen Flügelrock, mit verschüchtertem Gesicht, zwischen den zitternden Fingern den geschmückten Filzhut drehend. Und sie hörte ihn sprechen, mit jener bebenden Stimme – alles, was er ihr vorgebracht hatte, bis zu jenem merkwürdigen Wort:»Daß ich grad auf dich verfallen bin? No mein... bist mir halt die nächste gwesen... so und so!« Was er nur hatte sagen wollen mit diesem dummen ›so und so‹? Und während sie darüber sann, verwandelte sich die Gestalt vor ihren Augen – sie sah den Martl in Hemdärmeln am Tische sitzen in seiner stillen, einsamen Stube; von der weißen Decke hing die brennende Lampe nieder, und vor ihm auf dem Tische stand das Schreibzeug und lag das offene Heft. Er zählte irgend etwas an den Fingern ab, tauchte dann die Feder ein, spritzte sie achtsam aus und begann mit dicken Buchstaben zu schreiben:

Eingenommen

| für 12 Pfund Butter | 13 Mk. 20 Pf. |
| für 2 Schock Eier vom Wirt | 6 Mk. 30 Pf. |

Ausgaben

für eine Mistgabel einen neuen Zinken – Mk. 20 Pf.

für den Schecken beschlagen – Mk. 60 Pf.

für Wochenlohn dem Holzersepp 11 Mk. 50 Pf.

Nun schaute Martl auf. Die Tür hatte sich geöffnet, und dem Tische näherte sich lachend ein strammer, schmucker Bursche mit verwegen blitzenden Augen. Zäzil kannte ihn – hing ihm doch das blonde Haar noch feucht in die braune Stirne, troff ihm doch das Wasser noch in dünnen Fäden über die nackten Knie! Schmunzelnd strich er die blinkenden Markstücke ein, die der Bauer ihm bedächtig hinzählte, ließ dann die Münzen zwischen den hohlen Händen klimpern und lachte: ›Vergeltsgott! Aber weißt, Bauer, heut hab ich mir ein Lohn verdient, der mir lieber is als wie dein ganzer Hof und all dein Geld!‹ Und als wäre ihm die Freude, die aus seinen Augen lachte, jäh in die Beine gefahren, so begann er sich tanzend in den Knien zu wiegen – und immer reichlicher rann das Wasser von ihm nieder – mit grünen Wellen überschwemmte es schon die ganze Stube, brach sich schäumend und rauschend an den weißen Wänden, die weiter und weiter auseinanderwichen, um endlich ganz zu versinken, mit Schränken und Bänken, mit Tisch und Stühlen, mitsamt dem Martl – und auf den endlos rollenden Fluten tanzte der lachende Bursch, als wäre sein Körper Luft, jauchzend streute er die Münzen über das Wasser aus, klatschte mit den Händen, schnalzte mit der Zunge – und je wilder er sprang und tanzte, desto deutlicher fühlte Zäzil dieses Wiegen und Schwingen in ihrem eigenen Körper, in allen Sinnen. Es kam ihr vor, als schaukle sie, vom Winde getrieben, mit gebauschten Röcken über den Wellen – mit beiden Armen umschlang sie ein weinendes Kind, dessen heiße Tränen sie an ihrem Halse fühlte – das schmerzte sie so seltsam, schmerzte sie so tief hinein in die Seele – und dennoch schaute sie lachend mit leuchtenden Augen zu dem kecken Tänzer und lauschte, wie er jauchzte, wie er sang:

»Ich bin ein frischer Wildbretschütz, juchhe!
Steig auf die Berg mit meiner Buchs, juchhe!
Und wo mir tut ein Gamserl gfalln,
Laß ich mein Stutzen knalln ... juchhe, juchhe!

Grad sakrisch bin ich bei der Schneid, juchhe!
Ich fürcht kein Teufl, fürcht kein Leut, juchhe!
Ein einzigs grad hat mehrer Gwalt:
Ein Madl, das mir gfallt... juchhe, juchhe!«

Nicht im Traum ihres halben Schlummers hörte Zäzil dieses Lied. Wirklich und wahrhaftig klang es durch die stürmische Nacht von der Straße herauf – und es war wohl nur der Sturm die Ursache, daß die singende Stimme so verwischt und schwankend klang wie die Stimme eines Betrunkenen. So meinte Zäzil, während sie lauschte – und dann plötzlich fühlte sie, wie das Blut ihr brennend in die Wangen stieg. Mit beiden Armen umschlang sie das Polster und drückte wie in Schreck und Scham das glühende Gesicht tief in das linde Kissen...

Noch ein anderer hörte das Lied, das mit kreischenden, vom Sturm verwehten Tönen die Nacht durchklang. Das war der junge Bründlbauer. Hinter dem von der kleinen Hängelampe beleuchteten Tische, auf dem neben einem geschlossenen Heft und neben dem Schreibzeug ein halbgeleertes Bierglas stand, saß Martl im Herrgottswinkel seiner stillen, einsamen Stube. Er war in Hemdsärmeln, hatte die Arme gekreuzt und schmauchte in langsamen Zügen an einer kleinen Pfeife. Die Lider waren halb gesenkt, die Brauen gefurcht, und sein Gesicht hatte einen müden, schwermütigen Zug. Manchmal atmete er tief auf und strich mit schwerer Hand über die krausen Haare. Es mochten gar trübe Gedanken sein, in die er versunken war.

Nun hob er die Augen, ließ seine Blicke durch die öde Stube gleiten und nickte traumverloren vor sich hin, während ein bitteres Lächeln um seine Lippen zuckte. Eine kreischende Stimme, die sich vom Hof herein vernehmen ließ, weckte ihn aus seinen Gedanken. Lauschend richtete er den Kopf empor. Er hörte ein Gepolter an der Haustür und dann die Stimme eines seiner Knechte:»Aber Sepp, so sei doch gscheit! Das muß ja heut nimmer sein! Der Bauer lauft dir ja net davon!«

»Nix da!« kreischte, nun schon im Hausflur, jene andere Stimme wieder.»Der Bauer schlaft noch net, und ich hab mein Recht, daß ich herkomm!«

Unmutig erhob sich Martl, und da wurde schon die Stubentür aufgestoßen. Wankenden Ganges kam der Holzersepp über die Schwelle gestolpert, mit rotem Gesicht und aufgequollenen Augen.

»Ich kann nix dafür«, brummte der Knecht, der hinter dem Betrunkenen auftauchte, »er hat sich nimmer abwehren lassen.«

»Abwehren? Was abwehren?« lallte der Sepp, während er den Hut in den Nacken schob. »Den möcht ich sehen, der mich abwehren könnt.«

Da stand der junge Bauer vor ihm, mit gerunzelter Stirn und finsterem Blick. »Was willst von mir?«

Sepp lachte. »Weißt denn net, daß heut Samstag is und daß ich mein Wochengeld z' kriegen hab?«

»Komm morgen in der Früh! Für heut aber schau, daß du weiterkommst, und schlaf dein Rausch aus!«

»Was? Rausch? Wer hat ein Rausch?« schrie Sepp dem Bauer ins Gesicht. »Und wenn ich schon ein hätt... verstehst mich... heut hätt ich mir's verdient, daß ich mir ein ansauf! Und wenn ich schon ein hab... geht's dich was an? Du bist der Holzherr, und ich bin der Knecht, und ich hab mein Arbeit gmacht, und jetzt zahl mich aus!«

Martl schwieg eine Weile und sagte dann mit ruhigen Worten: »Jetzt hast aber Zeit, oder ich mach dir Füß!«

»Wer? Was? Wer macht mir Füß?« schrie der Berauschte. »So? Du? Bist du auch schon so einer, der sich auf die Bauernmod versteht: d' Leut schinden und drucken? Die ganze Woch darf man sich plagen für dich, und nacher willst eim net einmal sein Lohn auszahlen...«

Weiter kam der Bursche nicht. Mit beiden Fäusten hatte Martl ihn beim Kragen gefaßt, und ehe Sepp noch daran denken konnte, sich zu wehren, war er bereits auf etwas unsanfte Weise in den Hof hinausspediert, und hinter ihm flog die Haustür zu und klirrte der eiserne Riegel. Draußen hörte man ihn eine Zeitlang schreien, mit den Fäusten an Tür und Fensterläden trommeln und dann schimpfend sich entfernen. Drinnen aber lachte der zurückgebliebene Knecht, als Martl wieder in die Stube trat: »Sakra, Bauer, das is aber gschwind gangen! Aber weißt, darfst es ihm net gar so übel vermerken, daß er heut ein bißl z'viel hat. Er hat ein Stück Arbeit gmacht, wo er Durst hat kriegen können. Dem städtischen Maler sein Büberl hat er beim ärgsten Sturm z'mittelst aus'm See aussigholt. No ja... und in der Freud, daß ihm d' Leut so schön tan haben, hat er halt ein bißl über d' Schnur ghaut.«

Der junge Bauer, der sich wieder an den Tisch gesetzt hatte, horchte verwundert auf.»Was? Verzähl!«

Und der Knecht erzählte, was ihm, als er am Abend in das Wirtshaus gekommen war, die Leute von der gewagten Fahrt berichtet hatten.

Martl erhob sich.»Schau, das is brav gwesen vom Sepp!« sagte er. »Und da tut's mir jetzt völlig leid, daß ich so grob mit ihm umgsprungen bin. Da hätt ich ihm noch mehr verzeihen können als wie das bißl rauschige Grobheit. Aber sag! Ganz allein is er aussigfahren? Und gar kein anderer hat 's Kurasch ghabt, daß er ihm gholfen hätt dabei?«

»Freilich hat ihm wer geholfen!« lachte der Knecht.»Aber du! Da wirst spannen, wenn ich dir verrat, wer mit ihm aussigfahren is! Die Mannerleut sollten sich schämen... ein Madl war's, die so viel Schneid ghabt hat, deine Nachbarin drüben, die Pfrointner-Zäzil.«

Über Martls Gesicht flog eine dunkle Röte. Er nickte und starrte verloren vor sich.»Ja, ja«, murmelte er,»die Zäzil! Da darf man weit gehen, bis man eine zweite findt!«

Der Knecht machte verwunderte Augen. Dann aber lachte er wieder.»Ja, ein nobles Madl, das muß ich sagen. Der Sepp hat heut am Abend auch schon öfters als einmal gesagt, daß er sich eine zweite nimmer z'finden wüßt. Ich mein' allweil, zwischen denen zwei, die so miteinander draußen waren im Sturm und Wasser, in Gefahr und Not, da bosselt sich was zamm mit der Zeit. Der Bub hat 's Madl auch gleich richtig auszahlt für 's Mitfahren... mit alle zwei Händ hat er's beim Schüppel packt und hat ihr ein Bußl naufgnagelt, aber schon ein richtigs!«

Martl wurde bleich.»Und... und 's Madl?« stotterte er, während die Stuhllehne krachte, auf die er sich stützte.

»Und 's Madl hat's ihm gfallen lassen?«

»No mein, lang gfragt hat er net, der Sepp, 's Madl is halt fuirig worden über und über im Gsicht, hat d' Augen verhalten mit alle zwei Hand und is davongschossen wie ein Wieserl.«

Marti stand und rührte sich nicht, wie einer, der noch etwas zu hören erwartet. Dann plötzlich hob er den Kopf und schaute den Knecht, wie aus verlorenen Gedanken erwachend, ganz befremdet an. Er legte die Hände auf den Rücken, nickte ein paarmal vor sich hin und sagte:»So? So? Ja... is schon gut. Ich dank dir für deine Botschaft. Und gute Nacht somit.« Nach diesen Worten wandte er sich zum Tisch und griff nach dem Bierglas; er mußte sich recht müde fühlen, denn seine Hand war schwer und schlaff, als er das Glas an den Mund führte.

Aus schief gehaltenem Kopfe guckte der Knecht seinen Herrn mit wägenden Blicken an.»No also, gut Nacht!« brummte er und ging aus der Stube, wobei er noch einmal über die Schulter zurückblinzelte. Kaum war er verschwunden, da öffnete sich die Tür schon wieder, und ein kleines, behäbiges Weiblein erschien auf der Schwelle. Das war die alte Wabi, die dem Martl seit dem Tode seiner Mutter die Wirtschaft führte. Das Gesicht der Alten hatte einen guten, freundlichen Zug, wenngleich sie nicht bei sonderlich froher Laune zu sein schien. Ihre Lider waren gerötet, als hätte sie geweint. Unter der Tür blieb sie stehen, zog die blaue Schürze durch die Finger und fragte:»Schafft der Bauer noch was?«

Martl schüttelte den Kopf.»Kannst dich schon schlafen legen.«

»So wünsch ich eine ruhsame Nacht!«

Da drehte sich Martl um.»Wabi... du! Was ich sagen will...«

Die Alte ließ die Schürze fallen und kam langsam näher.

»Wie ich gmerkt hab, war's dir net ganz recht, daß ich dir heut z' Mittag den Dienst auf Allerheiligen kündigt hab?« sagte der junge Bauer, wobei er die Worte etwas schwer zu finden schien.

»Net ganz recht?« stotterte Wabi, und zwei dicke Tränen kollerten ihr über die runzligen Backen.»Ins Gmüt hat's mich troffen ... ja ... weil der Bauer schon fragt, muß ich's einbstehn. Den ganzen Abend hab ich drüber nachsinniert, und nix hab ich gfunden, wo ich mir denken hätt müssen, daß ich dir ein Grund zur Unzufriedenheit geben hätt!«

»Na, na, gwiß net!«

»Na also, schau, und daß man vom Bründlhof net gar so gern fortgeht, das kann man sich leicht an die Finger abzählen.«

»No ja ... wenn's dich halt gar so hart ankommt ... meintwegen... so lassen wir's beim alten. Bleibst halt da!«

Überraschung und Freude verschlugen der Alten im ersten Augenblick die Sprache. Dann aber klatschte sie die Hände ineinander und stammelte:»Jesus Maria! Bauer! Is denn wahr?«

»Ja freilich wahr! Aber ... aber schau, jetzt laß mir mein Ruh! Geh weiter, Wabi, leg dich schlafen, es is an der Zeit! Gut Nacht!«

Man sah es der Alten am Gesicht an, wie gern sie ihre Freude jetzt in sprudelnden Worten ausgekramt hätte. Aber Martls letzte Weisung hatte so dringend und ungeduldig geklungen, daß Wabi nicht den Mut fand, eine Silbe zu erwidern. Sie bewegte nur zu irgendeinem verschwiegenen Wunsche stumm die Lippen, fuhr sich mit der Schürze über die Augen und humpelte aus der Stube.

Mit einem müden Seufzer schob sich Marti hinter den Tisch und griff nach der Pfeife. Sie war schon längst erkaltet. Er stopfte mit dem Finger die Asche nieder und legte die Pfeife wieder beiseite. Und da saß er nun, mit dem Rücken an die weiße Wand gelehnt, die Fäuste an den Tisch geschoben, und starrte in die kleine Flamme der Lampe. Herb geschlossen war sein Mund; nur manchmal öffnete er die trockenen Lippen, um sie mit der Zunge zu netzen. Dieses unablässige Hineinstarren in das Licht schien seine Augen anzustrengen; sie wurden feucht, und nun perlte ihm gar eine Zähre auf die Wangen nieder. Aber da sprang er auch schon auf, fuhr sich hastig mit dem Rücken der Hand über die nassen Augen und murmelte:»Martl, Martl, sei du der Gscheiter! Was net sein kann, kann halt einmal net sein!«

Er trug das geleerte Bierglas zu dem Kasten, der neben der Tür stand, sperrte Heft und Schreibzeug in einen kleinen Wandschrank, hängte die Pfeife in die Fensternische an einen Nagel und blies die Lampe aus. Durch die Finsternis, die ihn umgab, schritt er der anstoßenden Kammer zu, darin sein Lager stand. Er setzte sich auf das Bett, um die Schuhriemen zu lösen. Dann erhob er sich wieder und trat auf das kleine Fenster zu, durch das ein matter Dämmerschein der sternhellen Nacht hereinfiel in das Stübchen. Martl legte sich mit den Armen in die Nische und blickte durch die Scheiben. Der Sturm umfuhr die Mauern, aber keine Wolke zeigte sich am Himmel, an dem es von tausend Lichtern blitzte. Vor dem Fenster lag der mit Obstbäumen besetzte Grasgarten; ein Bretterzaun schloß ihn ab, und über dem Zaune drüben erhob sich schwarz und massig des Pfrointners Haus. Scharf zeichnete sich der von Ranken umsponnene Erker mit dem stumpfgespitzten Dächlein vom nachtblauen Himmel ab.

Dort hinüber spähte Martl, immer dort hinüber, bis er sich tief atmend endlich erhob. Und die beiden Fäuste an die Stirn drückend, sprach er mit bebenden Worten vor sich hin:»Mich hat s' davongschickt in Ungut und Spott... und von so eim ... von so eim laßt sie sich abbusseln auf hellichter Straßen.«

Wenn Zäzil diese Worte hätte hören können! Sie hatte richtig gedacht! Ja, es hatte ihn getroffen. Aber nicht in seinem Hochmut, nein – in seinem Herzen.

Wenn Zäzil diese Worte hätte hören können! Aber zwischen dem kleinen Fenster hier und dem Erker da drüben tobte der Sturm und dunkelte die Nacht. Und Zäzil schlief–und träumte was ganz besonders Schönes.

4

Als Martl am frühen Morgen aus unruhigem Schlaf erwachte, horchte er verwundert auf. Lautlose Stille, die richtige Sonntagsruhe herrschte rings um Haus und Hof. Und an dem dünnen, bläulichen Nebel, der vor dem Fenster lag, sah Martl gleich, daß es einen prächtigen Tag geben würde. Der tobende Südwind hatte sich seit Mitternacht die Sache überlegt und hatte eingesehen, daß er noch ein halb Jährlein warten müsse, um sein frühlingsschaffendes Werk zu beginnen.

Halb angekleidet, in Hemdsärmeln und Pantoffeln, trat Martl vor die Haustür hinaus und atmete in tiefen Zügen die frische Luft des Morgens ein. Der dünne Nebel begann sich schon zu verziehen, und durch den grauen Schleier schimmerte bereits der blaue Himmel. Noch ein kleines Weilchen, und rings in weiter Runde lagen alle Bergspitzen frei, deren schneebedeckte Gehänge im Glanz der steigenden Sonne sich ansahen wie gleißende, aus purem Silber getriebene Flächen. Über ihnen die blauen Lüfte, unter ihnen die braunen Almenfelder und der schwarzgrüne Fichtenwald, in den sich die goldgelben Pyramiden der absterbenden Lärchen und die dunkelroten, kugligen Wipfel der welkenden Ahornbäume mischten.

Martl fühlte den Reiz dieses morgenschönen Bildes, aber während er emporblickte zu jenen verfrühten Schneemassen, tauchte auch gleich die richtige Bauernsorge in ihm auf. Ein paar warme Tage jetzt, und es könnte da droben recht böse Dinge absetzen. Der Schnee hatte noch keine Festigkeit, er lag auf einem ungefrorenen Grunde, und wenn nun die Sonne ihr Schmelzen begann, wenn das Sickerwasser zwischen Schnee und Erde seine zahllos verästelten Kanälchen und Rinnen grub und unter der weißen Decke die Felsplatten und Rasenflächen schlüpfrig machte, waren Lawinen unausbleiblich. Dann waren so manch ein schöner Waldspitz und manche Sennhütte bedroht, da auf den tieferen Gehängen der Schnee schon wieder abgeschmolzen war, der, träg und massig liegend wie im Frühjahr, die Wucht der von oben abrutschenden Schneemengen gedämpft und gebrochen hätte.

Während Martl vor der Haustür stand und unter solchen Gedanken prüfenden Blickes emporschaute zu den beschneiten Kuppen, näherte sich ihm der Knecht, der in der verwichenen Nacht dem Holzersepp das Betreten der Stube hatte verwehren wollen.

»Guten Morgen, Bauer! Mir scheint, er gfallt dir net, der Schnee da droben?«

Da redeten sie nun eine Weile hin und her über das ›gspaßige‹ Wetter, und Martl sagte, daß er gleich am nächsten Tage zu Berg steigen wolle, um droben in seinem Wald und auf seiner Alm nach dem Rechten zu sehen. Dann plötzlich fragte er: »Is der Sepp schon davon?«

»Gott bewahr! Aber er zieht sich schon an für'n Kirchgang.«

»So sag ihm, daß er zu mir noch in d' Stuben kommen soll, vor er fortgeht.«

Der Knecht lachte. »Ja, das werd ich ihm schon sagen müssen. Denn von ihm selber glaub ich schwerlich, daß er sich eini traut zu dir. Heut in der Früh, wie er nüchtern aufgwacht is aus'm Schlaf, hat er ein damischen Kopf hingmacht. Und mich hat er gfragt, ob er auch gwiß mit dir so grob gwesen is, wie er sich halb und halb noch drauf bsinnen hat können. Er is schon völlig gfaßt, daß er von dir sein Dienst aufgsagt kriegt.«

Martl schwieg. Als hätte er die Worte des Knechtes ganz über-hört, so blickte er dem Nebel nach, der langsam noch in einzelnen zerrissenen Streifen durch die Obstbäume des Gartens zog. Dann nickte Martl vor sich hin, wandte sich ab und verschwand im Hau-se.

»No, Sepp, du gfreu dich!« lachte der Knecht, während er die Fäuste in die Hosentaschen versenkte und den Kopf zwischen die Schultern duckte. Mit klappernden Holzschuhen stapfte er über einen gepflasterten Weg quer durch den Hof dem Gesindehause zu. Hier unter der Tür traf er mit Sepp zusammen. Der Bursche hatte sich schmuck für den Kirchgang herausgeputzt. Er trug ein rundes, grünes Hütchen, nach Jägerart mit einem Auerhahnstoß geziert, eine neue Joppe mit grünen Aufschlägen und großen Hirschhorn-knöpfen, grauweiße, dicke Strümpfe und eine kurze, tadellos schwarze Lederhose, der an den Säumen kleine Eichenlaubgirlan-den mit grüner Seide eingestickt waren. Wie er so dastand, in seiner halb nachlässigen, halb trotzigen Haltung, mit den blitzenden Augen in dem hübschen Gesicht, zwischen den leicht geöffneten Lippen die weißen Zähne zeigend, bot er ein prächtiges Bild, das einem Mädchenauge wohl gefallen mußte.

»No also, du«, kicherte der Knecht, mit den Augen zwinkernd, »der Bauer hat schon gfragt nach dir! Sollst zu ihm in d' Stuben kommen!«

»Geh? Pressiert's ihm denn gar so, daß er den Herrn an mir zeigen kann? Meinetwegen! Mehr als aufsagen kann er mir net! Und warme Platzln gibts überall.«

»Wer weiß, ob du bald wieder eins findst, wo so gut sitzen is ... weißt, droben im Wald, so schön ... ja ... und so kommode Sennhütten umeinander.«

Der Bursche hob den Kopf und machte die Augen klein. Er schien den leise spottenden Ton des Knechtes wohl vermerkt und auch den dunklen Sinn dieser Worte gut verstanden zu haben. Dennoch fragte er durch die Zähne:»Was willst sagen?«

»Ich? Nix! Gar nix! So gmeint hab ich halt...«

»Ein andermal bhalt's für dich, was d' meinst! Gelt? Aber daß net glaubst ... weißt, so einer bin ich schon, der sich's richten kann, wie's ihm taugt. Das heißt...« Und da lachte der Sepp.»Wenn er mir kündigt jetzt, kommt's mir dengerst unglegen. Aber aus eim andern Grund, als du dir denken magst!«

»Geh! Da war ich aber schon neugierig!«

»No, wer weiß, es könnt ja leicht was geben, was ganz Bsonders, was mich in der Gegend halt.«

»Jetzt da schau!« stichelte der Knecht.»Und ich hab gmeint, was dich ghalten hat, hätt sich seit acht Tag verzogen ... woanders hin?«

Sepp riß die Augen auf und zeigte ein höchst erstauntes Gesicht. Aber er schmunzelte, während er fragte:»Was? Wieso?«

»Verstehst mich net? So sag mir's, geh, was dich nacher jetzt schon wieder halt?«

»Is ja der Winter bald wieder da«, lachte Sepp und wiegte sich in den Knien, »da geht's an ein lustigs Wildbretjagen.«[1]

»So, du Loder, hast schon wieder ein Stückl im Wind?«

»Kann schon sein!« schmunzelte Sepp, und mit der Zunge schnalzend, schob er den Knecht beiseite und trat in den Hof hinaus.

Lachend blickte der andere ihm nach und musterte dabei den geschmückten Hut des Burschen. »Du, gelt«, rief er ihm nach, »gib fein Obacht, daß dir kein Jäger übern Weg steigt. Leicht könnt er dich fragen, wo deine schönen Federln gfunden hast!«

»Soll nur fragen! Ich werd ihm 's Fragen schon verleiden!« prahlte Sepp über die Schulter zurück. Dann schob er sein Hütchen übers linke Ohr und trollte pfeifend dem Wohnhaus zu. Eine pausbäckige Magd begegnete ihm, und so eilig sie auch an ihm vorüberschoß, Sepp fand immer noch Zeit, sie mit einem ersichtlich geübten Griff in die Wange zu kneifen. Drinnen im Hausflur blieb er eine Weile stehen und zwirbelte an den Schnurrbartspitzen. Nun öffnete er mit unsicherem Lächeln die Tür. Die Stube war leer; aber aus der anstoßenden Kammer klang die Stimme des jungen Bauern: »Wer is da?«

»Ich bin's, der Sepp. Wie ich ghört hab, hast mich herbstellt.«

»Gleich komm ich. Setz dich nur nieder derweil!«

An der Ecke des Tisches ließ sich Sepp auf die in die Mauer eingelassene Holzbank nieder, legte den Hut neben sich und streckte die Beine.

Jetzt trat der junge Bauer aus der Kammer. Er war noch in Hemdsärmeln; doch trug er schon die geblümte Sonntagsweste und

---

[1] Mit dem Ausdruck ›Wildbret‹ bezeichnen die Gebirgsjäger ausschließlich das weibliche Hochwild. Mitte Oktober schließt die Schußzeit für Hirsche, und wenn dann die kommenden Monate starken Schneefall bringen, der das Hochwild in die Talwälder und auf die Felder treibt, beginnen die Riegeljagden auf das zum Abschuß bestimmte Kahlwild, auf das ›Wildbret‹. In scherzhaftem Sinne wird von Jägern und Burschen dieser Ausdruck auf die schönere Hälfte der gut ausgewachsenen Dorfjugend übertragen. Ein hübsches, zutunliches Mädchen heißt ein ›gschmachigs Stückl Wildbret‹, und wenn der Winter die Mädchen in die vier Mauern bannt, dann gibt es in den Stunden des abendlichen Heimgartens, in den Kunkelstuben und am stillen Fensterlein, ein ›lustiges Wildbretjagen‹.

schien soeben die schwarzseidene Halsbinde um den steifen, knittrig umgelegten Hemdkragen geknüpft zu haben. Sein Gesicht war ein wenig bleich, aber es war nur ein geschäftsmäßiger Ernst, der aus seinen Mienen sprach. Er nickte zum Gruß nur leicht mit dem Kopfe. Sepp rührte sich nicht und guckte blinzelnd dem jungen Bauer nach, der auf den Wandschrank zuging und einer Lade ein kleines, strotzendes Säcklein entnahm. Als Martl das Säcklein auf die Tischplatte setzte, klangen die Münzen, die es enthielt. Bedachtsam nestelte er den Knoten auf, wickelte die Schnur ab, mit der das Säcklein gebunden war, stülpte den Rand des Tuches um, griff hinein und zählte eine Doppelreihe von Zweimarkstücken auf den Tisch.

»So, Sepp, da hast dein Wochengeld.«

Der Bursche zählte mit den Augen und machte ein verdutztes Gesicht. »Aber, Bauer, mir scheint, du hast dich verrechnet. Is ja z'viel um zehn Mark!«

»Das ghört dafür, weil dich gestern so brav am See drunten ghalten hast«, sagte Martl, während er das sorgfältig zugebundene Säcklein wieder in den Wandschrank versperrte. »Wenn d' Leut davon reden, wird's ja überall heißen: Der, wo das arme Büberl aus'm See aussigholt hat, is einer vom Bründlhof. Und so eine Ehr, mein' ich, müßt sich beim Bauern auszahlen.«

»Jetzt is gut!« platzte der Bursche los. »Und ich hab schon gmeint...« Aber was er gemeint hatte, verschluckte er. »No also, so sag ich halt Vergeltsgott tausendmal!« Und mit verlegenem Lächeln strich er das aufgezählte Geld in seine Tasche.

Die Faust auf die Platte stützend, stand Martl neben dem Tisch und sah dem Burschen zu. Dann fragte er: »Wie schaut's denn droben aus?«

»So weit gut. Der Holzmeister wird sich heut schon anschauen lassen bei dir zum Rapport. Ich mein' dengerst, daß der ganze Windwurf aufgeräumt is, bis der Schnee wieder kommt. Wir arbeiten aber auch drauflos wie die Wilden. Morgen in aller Früh bin ich schon wieder droben.«

»Is gut! Und somit bhüt dich Gott für heut!«

»Bhüt dich, Bauer, und Vergeltsgott noch einmal!« schmunzelte Sepp, griff nach seinem Hut und ging der Tür zu.

Da rief ihm Martl nach: »Aber gelt, wann du heut am Abend wieder im Wirtshaus bist, so halt dich ein bißl zruck!«

»No mein, wie's halt geht!« lachte Sepp und griff nach der Klinke.

Martl runzelte die Brauen, als er vorgeneigten Kopfes die Gestalt des Burschen überflog, der durch die geöffnete Tür hinaustrat in den Flur.

»Ich muß ihm's lassen: Bildsauber is er!« murmelte der junge Bauer, als die Tür sich geschlossen hatte. »So einer freilich, so einer sticht in d' Augen!«

Draußen im Hausflur aber duckte sich Sepp unter mühsam verhaltenem Lachen. Das war aber auch eine gar zu dicke Überraschung für ihn gewesen! Schelte und Kündigung hatte er erwartet, als er gekommen war, und mit klingender Tasche, belobt und belohnt, ging er nun davon. Das gab jetzt einen lustigen Sonntag ab! Da konnte er ja wieder ein Wörtlein mit jenen reden, die ihn gestern beim Seewirt drunten im Kartenspiel bis auf den letzten Knopf geplündert hatten. Das Hütlein unternehmungslustig übers linke Ohr drückend, trat er in den Hof hinaus, über dem nun schon die helle, gleißende Sonne lag. Lustig pfeifend schritt er dem Hoftor zu; doch als er durch die Obstbäume des Gartens hinüberspähte nach dem Zaun, der zwischen der Pfroint und dem Bründlhof die Grenze zog, sah er ein blaues Tuch durch Hecke und Staketen leuchten. »Heut hab ich aber einen guten Tag!« schmunzelte er, drehte den Schnurrbart und schritt durch das feuchte, welke Gras dem Zaun entgegen. Lautlos bog er die Heckenzweige auseinander, legte sich mit beiden Armen über die Staketen und schaute lachend dem Mädel zu, das in dem kleinen Blumengarten zwischen dem Grenzzaun und dem Pfrointnerhause suchend hin und her ging.

Auch Zäzil war schon im Sonntagsstaate. Über dem dunkelbraunen, eng gefältelten Rocke trug sie eine lichtblaue, violett schillernde Seidenschürze. Ein knapp sitzendes schwarzes Mieder, zwischen dessen silbernen Haken die dünnen Kettlein glitzerten, umschloß die junge Brust. Um ihre Schultern schmiegte sich, zierlich gerafft, das blauseidene, reich geblümte Fürstecktuch, dessen lange haarfeine Fransen bei jedem Schritte schwankten und schillerten. Frei hob sich der hübsche Kopf mit dem schlanken Hals aus den blauen Falten, und unter dem schimmernden Glanz, den die Sonne um die losen Härchen wob, sah das Geflecht der rotbraunen Zöpfe sich an wie ein Krönlein aus leuchtendem Golde.

Zäzil hatte den Burschen längst bemerkt. War doch, als er die Heckenzweige auseinandergebogen hatte, ein brennendes Rot über ihre Wangen geflogen. Dennoch verriet sie mit keiner Miene, daß sie sein Kommen bemerkt hatte. Mit wichtig ernstem Gesicht musterte sie die Blumenstöcke und pflückte ab und zu eine Blüte, welche die rauhe Nässe der letzten Tage und die Gewalt des Sturmes glücklich überdauert hatte. Und Sepp stand regungslos über den Zaun gelehnt, lächelnd, mit den Augen jede Bewegung des Mädchens verfolgend. Dazu leuchtete über den beiden die warme Sonne aus klarem Himmel nieder, ringsum an allen Bäumen und Büschen glühte das welke Laub in seinen roten und gelben Farben, silbern schimmernde Fäden schwammen in der mit Glanz getränkten Morgenluft, auf den Dächern gurrten die Tauben, aus den Hecken klang das leise Gezwitscher der kleinen Meisen, und bald hier, bald dort ertönte das lockende Schnalzen der von Wipfel zu Wipfel sich schwingenden Amseln.

Endlich brach der Bursche das Schweigen. Er rückte den Hut. »Guten Morgen, Kameradin!«

Zäzil blickte auf und heuchelte ein klein wenig Überraschung. »Ah, du bist da! Grüß dich Gott! Hab dich gar net kommen hören!«

»Heut macht's aber ein schönen Tag! Das hätt sich gestern auch kein Mensch net denkt! Aber sag, wie hast denn gschlafen auf unser Wasserfahrt von gestern?«

Sie lachte. »Auf so eine Plag nauf kann eim der Schlaf net fehlen!«

»Geh! Und träumt hast gar nix?«

»Träumt?« Sie machte ein Gesicht, als wäre sie gefragt worden, ob sie in dieser Nacht vielleicht die Siegel an Salomonis Buch gelöst hätte. »Träumt? Net daß ich wüßt! Ich hab ja gschlafen wie ein Mankerl im Winter!« Hastig bückte sie sich nach einer Blume, denn sie fühlte, wie ihr unter seinem forschenden Blick die Stirne heiß wurde. Der kecke Mensch! Er meinte wohl, daß man in ihre Träume hineingucken könne wie durch das blanke Fenster in die Stube.

Da schwiegen sie nun wieder, bis Sepp den Arm erhob und, durch eine Lücke der Bäume deutend, leichthin sagte:»Da! Heut schaut er sich anders an wie gestern.« Er meinte den See, von dem man in der Ferne einen schmalen Streif gewahren konnte, wellenlos, einem grauen, hell schimmernden Seidenband vergleichbar.

Zäzil nickte schweigend und machte sich wieder mit dem kleinen Strauß zu schaffen, den sie zusammengelesen.

»Geh, sag, was machst denn da?«

»Mein, gar nix. Ein paar Blümerln such ich mir zamm für mein Hütl. Viel z'finden is freilich nimmer.«

»No schau, und ich hab gmeint, du hättst schon mehr als gnug ... ja, gnug für zwei. Wie wär's denn jetzt, wenn teilen tätst mit mir? Es müßt net übel stehn, ein Blümerl auf meim Hut, und gar schön, wenn's von dir kommt!«

Verlegen schüttelte sie den Kopf.»Ah, na, ich kann dir net helfen. Was ich gfunden hab, brauch ich selber.«

»Wenn ich aber recht schön bitten tät, schau, da kannst ja den gerst net so neidisch sein!«

Dazu machte er ein so sanftes, frommes Gesicht, daß sie unwillkürlich lachen mußte.»Geh, tu net so schön! Allweil, mein' ich, bist net so lamperlfromm.«

»Was? Und ich hab gmeint, als wär ich der brävste von allen.«

»Hab net viel gmerkt davon, ja ... bsinn dich nur auf gestern!« sagte sie mit spitzigem Ton und furchte die Brauen.

»Aber Madl! Wirst mir doch um Gottes willen net harb sein! Schau, sag einmal selber, hab ich mein Bußl gestern net verdient? Ja oder na? Und weil halt gar so viel Schneid ghabt hast, da hab ich mir nimmer helfen können ... so sakrisch hast mir gfallen! Und was kann ich denn dafür, daß mir so ein schöns Vergeltsgott von dir tausendmal lieber gwesen is wie jeder andere Dank.«

Das klang so warm, so offen und ehrlich, so lustig herzlich, daß Zäzil ihre zürnende Miene, mit der es ihr ohnehin nicht allzu ernst war, nicht länger bewahren konnte. »No ja«, lachte sie, »muß man denn aber gleich zugreifen wie der Hausknecht bei die Knödel?«

Seine Augen blitzten auf; er schien wohl zu merken, daß er halb gewonnenes Spiel hatte. »Ja weißt, wenn er lang zuschaut, der Hausknecht, so tragt man ihm d' Schüssel davon. Drum geh, laß reden mit dir! Gwiß wahr, ich hätt keine ruhige Stund nimmer, wann ich mir allweil denken müßt, ich hätt dich harb gmacht auf mich. So geh, komm her ein bißl ... und schenk mir ein Blümerl, recht ein schöns, weißt, zum Beweis, daß d' mir wieder gut bist.«

Überlegend neigte sie das Köpfchen auf die Schulter; sie schaute zu ihm auf, und als ihre Blicke seinen blitzenden Augen ausweichen wollten, glitten sie im Zufall über den Zaun hinüber und verirrten sich durch eine Lücke der Obstbäume bis zu einem offenen Fenster. Zäzils Augen erweiterten sich. Stand nicht einer hinter jenem Fenster? Ja! Und sie erkannte ihn, so hastig er auch zurücktrat in das Dunkel der Kammer. Ein schadenfrohes Lächeln zuckte um ihren Mund. Wenn er sich schon aufs Spionieren verlegte, der da drüben, dann sollte er auch was zu sehen bekommen. Kurz entschlossen warf sie das Köpfchen auf und lächelte: »Meinetwegen, so gib halt dein Hütl her!«

»No schau, ich hab mir ja gleich denkt, daß net so neidisch sein kannst!« schmunzelte Sepp und reichte ihr seinen Hut, wobei er einen vergeblichen Versuch machte, Zäzils Hand zu erhaschen.

Sie zog die Brauen hoch und drohte mit den Augen. Und während sie von ihren Blumen die schönsten aussuchte, um sie auf dem Hute hinter die Schnur zu stecken, sagte sie: »Aber weißt, einbilden brauchst dir fein nix! Ob ich dir wieder gut sein soll, das weiß ich noch net! Aber deine Blümerln sollst haben, weil ... weil dich gestern am See draußen als ein braven Burschen bewiesen hast, der's Herz am richtigen Fleck hat, und ... und weil's mir halt grad so gfallt. Da hast dein Hut! Schön schaut er aus! Was?«

»Ah, ah, ah!« staunte Sepp. »Nobel! Grad nobel!« Er griff nach dem Hut, Zäzil wollte ihre Hand zurückziehen, aber sie war nicht flink genug, denn ehe sie sich's versah, lagen ihre Finger gefesselt zwischen den Händen des Burschen.

»Hörst net auf!« stammelte sie erschrocken. »Auslassen, sag ich!«

»Gott bewahr«, kicherte Sepp, »'s Glück muß man halten!«

»So sei doch gscheit und laß mich aus... da schau... steht ja mein Vater am Fenster!«

Sepp mochte wohl denken, daß mit dem alten Pfrointner nicht gut Kirschen essen wäre. Er schaute betroffen auf, und diesen Augenblick benutzte Zäzil. Mit kräftigem Ruck befreite sie ihre Hand und huschte lachend davon. An der Hausecke streifte sie mit dem Ellbogen an die Gießkanne, die auf einem Bänklein stand. Das blecherne Geschirr wankte, und sein hohles Geklapper übertönte die brummenden Worte, mit denen Sepp hinter den zusammenschlagenden Heckenzweigen verschwand.

5

Ein Viertelstündchen später war Zäzil mit Vater und Mutter auf dem Weg zur Kirche. Die Leute am See hatten ein tüchtiges Stück zu wandern, um ihrer Christenpflicht genügen zu können. Die Häuser des Dorfes und die dazu gehörenden Höfe und Einöden waren über das ganze, fast zwei Stunden lange Tal zerstreut, in dessen Mitte der eigentliche ›Markt‹ mit der Kirche gelegen war. Da kamen denn an jedem Sonntagmorgen auf allen Seitenwegen und Bergpfaden die einzelnen Kirchgänger herbeigewandert, um sich auf der Landstraße zu kleinen Karawanen zu vereinigen.

Auch die ›Pfrointnerischen‹ blieben nicht lang allein, und erleichtert atmete Zäzil auf, als sich das erste Paar zu ihnen gesellte. Das war von Hause weg ein nicht sehr gemütlicher Spaziergang für sie gewesen. Die Mutter schmollte und machte ein gekränktes Gesicht, der Vater tat noch immer fuchsteufelswild, und wenn Zäzil ein Wörtlein wagte, bekam sie vom Vater nur einen zornigen Blick, von der Mutter ein unverständliches Brummen zur Antwort. Das wurde natürlich anders, sobald sie Gesellschaft erhielten. Die Leute, die sich zu ihnen gesellten, wußten nichts Eiligeres zu tun, als Zäzil zu ihrem mutigen Stücklein vom vergangenen Abend zu beglückwünschen und sich nach allen Einzelheiten jener Rettungsfahrt zu erkundigen. Da spitzte nun der Pfrointner die Ohren, und die Pfrointnerin riß Mund und Augen auf vor Überraschung und in verspätetem Schreck. Mit gruseligen Reden erging sie sich über die Möglichkeit, daß die kühne Fahrt mißlingen und der Zäzil ein Unglück hätte widerfahren können. Was die Pfrointnerin da wohl getan hätte? Ihr einziges Kind! Schrecklich, schrecklich! So lamentierte sie darauf los, bis es dem Pfrointner zu bunt wurde: »Jetzt hör einmal auf mit deim Getu! Is ihr ja nix gschehen!« schnauzte er sie an. »Aber natürlich ... fremde Leut muß man reden hören, damit man erfahrt, was seine Kinder treiben! Eine schöne Mod... das muß ich sagen!« So lautete die einzige Meinungsäußerung, die er in dieser Sache abzugeben beliebte. Dann kümmerte er sich weiter nicht mehr um das Gerede der anderen. Dennoch schien es, als trüge er den Kopf noch höher und stolzer als zuvor; und wenn seine Augen manchmal das Mädel streiften, hatten sie nicht mehr den alten, zornigen Blick.

Auf dem Kirchturm läuteten die Glocken, als die Pfrointnerischen mit der kleinen Schar, die sich zu ihnen gesellt hatte, den Markt erreichten. In der Mitte des Marktplatzes standen einige Burschen, Sepp unter ihnen. Da hielt es die Seebäuerin für ihre Pflicht, der Pfrointnerin einen gelinden Puff mit dem Ellbogen zu versetzen und ihr zuzuflüstern:»Der da drüben, mit die Blümln am Hut, das is er, der mit ihr gfahren is!«

Neugierig betrachtete die Pfrointnerin den Burschen.»Daß ich den noch nie net gsehen hab!« meinte sie.»Is aber ein sauberer Bursch, das muß ich sagen. Und die Schneid lacht ihm aus die Augen aussi!«

Zäzil hörte die Worte der Mutter, und ihre Wangen, die vom raschen Gange glühten, wurden noch um eine Schattierung röter.

Sepp, der wohl zu merken schien, daß von ihm die Rede war, lüftete zum Gruß den Hut und drehte dabei die Blumen recht auffällig nach vorne. Freundlich dankte Zäzil für seinen Gruß; und es war, als hätte es der liebe Herrgott in seiner Vorsehung recht darauf angelegt, ihr einen Gefallen um den anderen zu erweisen – denn just, als sie dem Burschen so freundlich zunickte, trat der junge Bründlbauer aus der Tür des nahen Bürgermeisterhauses, im langen, altvaterischen Flügelrock und über dem krausen Haar den steifen, unförmlichen Sonntagshut des hofgesessenen Bauern. Er tat nun freilich, als fiele ihm unter der Türe plötzlich ein, daß er dem Bürgermeister noch irgendeine wichtige Sache mitzuteilen hätte. Zäzil aber meinte gut zu wissen, was ihn auf der Schwelle so jählings herumgeworfen hatte wie ein Windstoß die Wetterfahne. Und mit heimlichem Lachen schritt sie hinter Vater und Mutter der Kirche zu.

Sepp schien es mit der Andacht nicht so eilig zu haben. Als seine Kameraden ihn verließen, um in die Kirche zu treten, ging er in entgegengesetzter Richtung über den Marktplatz hinunter. An der Ecke einer Gasse begegnete ihm der alte Förster. Die Hände in die Joppentaschen vergraben, pfeifend, mit den Augen wie nach Himmel und Wetter ausschauend, ging Sepp an dem Jäger vorüber; aber er schien es zu fühlen, daß ihn der Alte vom Kopf bis zu den Füßen musterte und mit besonderer Aufmerksamkeit den geschmückten Hut betrachtete; denn als sie aneinander vorüber waren, schmunzelte Sepp:»Ja, schau mich nur an... schaust mir meine Federln nimmer abi vom Hütl!« Nun hielt er vor dem Krämerhaus und trat in den Laden.

Obwohl es die paar Kunden, die noch zugegen waren, mit ihren Einkäufen recht eilig zu haben schienen, ließ sie der Krämer stehen und wandte sich an den Burschen mit der Frage, was er wünsche. Sepp kniff die Augen ein und sagte:»Ein Packl Zigorikaffee und ein halb Pfund Zucker.«

Der rege Kundenverkehr der sonntäglichen Frühstunden hatte wohl den Krämer ein wenig zerstreut gemacht; denn was er für den Burschen unter dem Ladentisch in dickes Papier wickelte, glich aufs Haar einem Päcklein Schießpulver und einem Brocken Stangenblei. »So! Da hast! Und koch dir nur am Berg ein recht ein guten Kaffee, daß er dich warm halt bei der Arbeit!«

Sepp legte ein Zweimarkstück auf den Ladentisch, und als der Krämer wechseln wollte, sagte er:»Laß nur gut sein! Wir kommen schon wieder auf gleich. Bhüt Gott für heut!«

»Bhüt Gott! Ein andermal die Ehr!« schmunzelte der Krämer und ließ die Münze in die Lade fallen.

Für Sepp war es noch immer nicht Zeit zur Kirche. Er sprach für eine ›Stehmaß‹ im Wirtshaus vor, und als ihn die Kellnerin lachend ausschalt, daß er die Predigt versäume, meinte er:»Der Pfarrer kann mir ja eh nix Neus mehr sagen.« Sobald man aber drüben die Predigt aus- und das Hochamt einläutete, dachte er doch an seine ›Christenpflicht‹. Und so dicht auch in der Kirche die Gänge zwischen den Bankreihen mit Menschen angepfropft waren, Sepp wußte sich doch mit seinen gesunden Ellbogen noch bis zu einem Plätzchen vorzudrängen, an dem er einem gewissen frommen Dirnlein, sooft es die Blicke vom Gebetbuch hob, in die Augen fallen mußte.

Allzu häufig hob Zäzil die Blicke nun freilich nicht. Aber das ist eine harte Sache, sich eine lange Stunde mit den winzigen Buchstaben zu beschäftigen. Da fängt es nach und nach vor den Blicken so merkwürdig zu flimmern an, und man muß die Augen ein klein bißchen ausruhen lassen. Wohin aber soll man schauen, um in seiner Andacht nicht gestört zu werden? Wohin? Wenn man zur Rechten nur immer einem lächelnden Gesicht und zwei lustig blitzenden Augen begegnet – und wenn man zur Linken nur immer einen langgewachsenen Menschen im Flügelrock auf den Knien liegen sieht, dessen brauner Krauskopf so seltsam müde über die gefalteten Hände gesunken ist.

Da Zäzil in dieser Zwangslage sonderbarerweise nicht auf den Gedanken kam, daß sie, um die Augen rasten zu lassen, auch gradeaus nach dem Altar hätte schauen können, atmete sie wie eine Erlöste auf, als der hochwürdige Herr mit einer gewagten Koloratur seiner Kopfstimme das ›Ite, missa est‹ verkündete.

Die Pfrointnerischen traten aus der Kirche ins Freie, und der Bauer diktierte mit energischer Knappheit den Armeebefehl für die nächste Stunde: Die Bäuerin sollte in aller Schleunigkeit ihre Einkäufe besorgen und sich dabei von Zäzil begleiten lassen; alsodann hätten sie den Pfrointner im Gasthaus zur Post abzuholen, wo er sich inzwischen mit einem Schöpplein für den Heimweg stärken wolle.

So geschah es auch; nur mit der ›Schleunigkeit‹ wollte die Sache nicht vollkommen stimmen; der Zufall schien es darauf angelegt zu haben, der Pfrointnerin just heute alle Basen und Gevatterinnen vom ganzen Tal in den Weg zu führen. Als die Bäuerin nach vielen Hindernissen endlich in der Post anlangte, hielt der Pfrointner statt beim ersten Schöpplein schon bei der dritten Maß. Er hieß seine Weiberleute Platz nehmen und schob der Bäuerin den Steinkrug mit der Aufforderung zu:»Trink aus, Alte, und laß einschenken, daß wir bald heimkommen!« Dieses geflügelte Wort weckte helles Gelächter am Tisch. Es ging überhaupt lustig zu in der überfüllten Wirtsstube. Das war die richtige Sonntagsstimmung. Nebenan um eine runde Tafel saßen an die zwölf Bauern vom schwersten Schlag und politisierten darauf los, daß der Tisch krachte und die Gläser wackelten. Nur ein einziger unter ihnen spielte den wortlosen Zuhörer, und das war der junge Bründlbauer, der mit seinem stillen Wesen inmitten dieser schneidigen ›Politikaner‹ sich ansah wie ein schüchternes Hühnchen zwischen den alten Gockeln. Er hielt die Augen gesenkt, tauchte ab und zu einen Finger in das verschüttete Bier und zeichnete die merkwürdigsten Schnörkel auf die weiße Tischplatte. Doch schien er weniger der politischen Weisheit zu lauschen, die sich rings um ihn mit so kräftigen Stimmen laut machte, als den lustigen Weisen, die zuhinterst in der Stube am Ofentisch der Holzersepp auf der Zither zum besten gab.

In die wirbelnden Tänze, die Sepp mit unermüdlicher Gewandtheit aus den Saiten klingen ließ, flocht er zuweilen mit heller Stimme ein keckes Schnaderhüpfel ein, dessen treffender Witz nicht nur die Burschen, die mit Sepp am gleichen Tische saßen, sondern auch die aufhorchenden Gäste an den anderen Tischen zu hellem Lachen brachte. Und ob er spielte, ob er sang, immer behielt er Zäzil in den Augen, die wortlos zwischen Mutter und Vater saß. Und als der Bursche sah, daß der Pfrointner sein ›Schöpplein‹, das heißt seine fünf Maß Bier, bezahlte und sich zum Gehen anschickte, ließ er die Saiten kräftiger schwirren und sang mit hoch geschraubter Stimme:

»Es gfallen die Blümeln
Eim jeden so gut,
Aber's allerschönst Blümerl
Blüht heut auf meim Hut!

Das Blümerl is gwachsen
Am heimlichsten Platz,
Und dort, wo ich's gfunden hab,
Such ich mein Schatz!

Und geht der Tag schlafen,
Und d' Stern blitzen auf,
So klopf ich ans Fensterl:
Liebs Schatzl, mach auf!«

Ein gellender Jauchzer schloß die letzte Strophe, just als Zäzil, ihren Eltern folgend, in den Flur hinaustrat und hinter sich die Tür der Wirtsstube zufallen ließ.

»Gelt, Zäzil, sei gscheit und tu mit'm Vater ein bißl schön am Heimweg!« flüsterte die Pfrointnerin ihrer Tochter zu; doch als sie dabei in das Gesicht des Mädels schaute, fragte sie bestürzt: »Du brennst ja im ganzen Gsicht! Was hast denn? Wird doch net von deiner gestrigen Wasserfahrt noch was nachkommen, ein Fieber oder sonst was?«

»Ah mein ... gar nix!« stotterte Zäzil. »Es is halt ein bißl heiß gwesen, da drinn in der Stuben!«

»Ja, ja, hast schon recht! Mir hat's auch völlig den Schnaufer verlegt... so eine Hitz und ein Dampf!«

Hurtig wanderten die beiden hinter dem Pfrointner her, der nach der ausgiebigen Wegstärkung, die er genossen, in langen Schritten heimwärts trachtete zu den sonntäglichen Knödeln.

6

Am andern Tag, gegen die neunte Morgenstunde, verließ der junge
Bründlbauer den Hof, um droben in seinem Wald, wie er am verwichenen Morgen zu seinem Knechte gesagt hatte, nach dem Rechten
zu sehen. Jetzt hing der lange, altvaterische Sonntagsfrack wohl-
verwahrt im Kasten, und mit der leichten, grauen Joppe, mit der
kurzen Lederhose schien Martl einen anderen Menschen angezogen
zu haben. Und es ging zur Arbeit! Da war der Martl überhaupt ein
anderer – nicht mehr der bedächtige ›hofgesessene‹ Bauer, sondern
der junge, stramm und sehnig gewachsene Bursch, der den Kopf
hoch hielt und mit klaren, resoluten Augen hineinschaute in den
herrlichen Morgen. Rüstig schritt er aus, regierte leicht den schweren Bergstock und atmete auch dann ruhig weiter, als er im gleichen
Schritt, den er im ebenen Talgrund eingehalten hatte, auf dem
schmalen Bergpfad emporstieg durch den leuchtenden Wald.

Es war ein Oktobermorgen mit jenem Glanz und Duft, mit jener
Glut der Farben und jenem tiefen, sattblauen Himmel, wie ihn nur
das Hochland kennt. Gleich einem zitternden Feuerschein lag es
über allen Wipfeln in der Luft. Über das falbe Grün des moosigen
Grundes wob die Sonne ein wundersames Mosaik von goldigen
Lichtern und zuckenden Schatten; wo sie ihren Weg durch das gel-
be und rote Laub der welkenden Buchen und Ahornbäume nahm,
schienen alle Zweige in hellem Brand zu stehen, und wenn von den
Bäumen, durch die ein leises Rauschen ging, zuweilen ein welkes
Blatt langsam zur Erde niederflatterte, so war das anzusehen, als
hätte sich von den brennenden Zweigen ein Flämmlein losgelöst,
um auf den seidendünnen Fäden zu tanzen, die blitzend und glei-
ßend durch den ganzen Wald gesponnen waren.

Vom Tal herauf klangen die gedämpften Stimmen des dörflichen
Lebens: Menschenrufe, die sich in den Lüften verloren, Hundege-
bell, das ferne Rasseln und Holpern der Fahrzeuge, Peitschenknall,
das dumpfe Brüllen eines Rindes und einmal das Knattern fallender
Bretter. Doch auch der Bergwald hatte seine Stimmen und sein Leben. Die Meisen huschten mit Gezwitscher zwischen den Wipfeln
hin und her, kleine Spechte kletterten an den Stämmen empor und
pochten an die schimmernde Rinde, und ein Nußhäher, einer von

diesen Papageien des deutschen Waldes, übte seine Zunge. Bald
gluckste er wie eine Auerhenne, bald krächzte er wie ein Rabe, dann
wieder schmälte er wie ein junges Reh, versuchte den gedehnten
Pfiff des Buntspechtes, den gellenden Schrei des Habichts und ahmte sogar das Gurren einer wilden Taube nach, die sich im tieferen
Walde hören ließ. Käfer flogen auf und ließen sich wieder niederfal-
len ins Moos, große, glitzernde Fliegen standen, leise sumsend,
regungslos in der Luft, um plötzlich ihren Standort mit blitzschnel-
lem Zickzackflug zu ändern, und zahllose Ameisen kribbelten in
emsiger Eile über alle Stöcke und Steine, als wüßten sie, daß sie den
schönen Tag mit doppeltem Fleiß zu nützen hätten, da schon der
nächste Morgen den Winter bringen konnte.

Und zu all diesen bunten und leisen Stimmen des Waldlebens
hallten auf dem steinigen Pfad die gleichmäßigen Schritte des einsamen Wanderers. Ob Martl wohl der bunten Schönheit achtete, die
ihn umgab?

Zwischen dem leuchtenden Laub der Ahornbäume und Buchen
tauchte zuweilen, um rasch wieder zu verschwinden, das dunkle
Grün einer Fichte auf – wie in einem sonnig lachenden Gesicht der
träumerische Schatten eines ernsten Gedankens aufdämmert und
wieder verfliegt. Aber je höher Martl stieg, desto häufiger drängte
sich das ernste Grün der Fichten zwischen das in hellen Farben
glühende Laub, immer seltener wurden die sonnigen Kronen und
immer zahlreicher die düsteren, wie in schwermütige Träume ver-
sunkenen Gesellen, bis endlich der laublose, schattendunkle, me-
lancholisch rauschende Nadelwald den Wanderer umschlossen
hielt.

Dieses wechselnde Gesicht des Waldes war wie ein Abbild des
Wechsels, der sich allmählich in dem Gesichte des einsamen Berg-
steigers vollzog. Mit ruhig glänzenden Augen hatte er hineinge-
schaut in den schönen Morgen und in das bunte Farbenspiel der
Laubgehänge; zuweilen aber, und dann immer häufiger, hatte er
sinnend niedergestarrt auf die Steine des Pfades, und da schritt er
nun mit gesenktem Kopfe durch den dunklen Wald, versunken in
schwermütige Gedanken. Dabei verlor er die Ruhe seines Schrittes,
stieg immer rascher, und als der Pfad in kurzen Wendungen einen
steileren Hang überwunden hatte, mußte Martl aufatmend stehen-

bleiben. Er nahm den Hut ab und fuhr sich mit dem Ärmel über die feuchte Stirn. Dann hob er den Kopf und lauschte. Es war ihm, als hätte er Schritte gehört und das Klirren eines Bergstockes. Das mußte dort drüben gewesen sein, wo eine breite, mit Geröll überschüttete Wassergasse den Wald von der Almenhöhe bis zum Tal durchbrach. Raschen Ganges folgte Martl dem seitwärts ziehenden Pfad, als wäre es ihm lieb gewesen, für den Rest seines Weges einen plaudernden Begleiter zu finden. Als er den Waldsaum erreichte, blieb er stehen und blickte aufwärts nach der Stelle, wo der Steig, der drüben im Wald sich wendete, zurücklenkte über das Geröll. Jetzt hörte Martl die Schritte wieder, und gleich darauf sah er ein Mädel unter den Bäumen hervortreten, das eine leichte Kraxe auf dem Rücken trug und einen dünnen Bergstock führte. Dunkle Röte flog über Martls Gesicht, während er erschrocken zurückfuhr hinter den Stamm einer mächtigen Fichte. Hier oben im einsamen Bergwald der Pfrointner-Zäzil zu begegnen – darauf war er freilich nicht vorbereitet gewesen.

Was hatte sie nur hier oben zu suchen? Aber der Weg, der hinaufführte zum Holzschlag des Bründlbauern, führte ja auch zur Alm des Pfrointners. Die hatten ja einst zusammengehört, Wald und Alm, vor langen, grauen Jahren, als unter dem bischöflichen Regimente die Pfroint und der Bründlhof noch ein einziges großes Pachtgut gewesen waren.

Aber die Alm des Pfrointners lag ja schon verlassen. Gleich am ersten Tag nach jenem unerwarteten Schneefall hatte die Sennerin abgetrieben. Was konnte Zäzil dort droben noch zu schaffen haben? Aber führte der Weg nicht am Windbruch vorüber? Und stand dort oben nicht einer in Arbeit – einer –

Ein bitteres Lächeln zuckte um Martls Lippen. Doch unwillig schüttelte er den Kopf, als möchte er den Gedanken, der in ihm auftauchte, gewaltsam von sich abdrängen. Und doch – doch! Aber hatte er denn ein Recht, zu fragen, was Zäzil dort oben suchen ging? Und eines wußte er gewiß: daß er um alle Welt nicht mit ihr zusammentreffen wollte. Das war aber unvermeidlich, wenn er dem Steige folgte. Denn wenn er auch noch so langsam ging – sie konnte an irgendeiner Stelle rasten –

Mit zitternder Hand zog Martl den Hut tiefer in die Stirn, und als er das Geröll überschritten hatte, verließ er den Weg und stieg in schräger Richtung durch den pfadlosen Wald empor.

Eine Viertelstunde mochte ihm bei dieser nicht sonderlich bequemen Wanderung vergangen sein, als er plötzlich eine lachende Stimme hörte:»Martl! He! Wo schiebst denn hin, und was suchst denn daherin im Holz? Gehst am End gar aufs Pirschen aus?«

Martl blickte auf und sah den Förster stehen.»Ja, kann schon sein, daß ich dir ein Hirsch davontrag«, sagte er mit gezwungenem Lächeln und hob den Bergstock zielend an die Wange,»paß nur auf, mein Stecken wird gleich losgehn!«

»Laß nur krachen! Die Hirschen, die du erschießt, die ghören alle dein! Aber sag im Ernst, wo willst denn hin?«

»Ein nähern Weg hab ich gsucht in mein Holzschlag auffi.«

»Aber, Martl! Wo hast denn deine Augen ghabt! Du gehst ja um, gwiß eine halbe Stund weit!«

»Ja, ja, ich merk's jetzt selber, daß ich mich weiter rechts hätt halten sollen. Aber no ... für 's Probieren muß man zahlen. Ein andermal bleib ich auf'm Weg. Und somit bhüt dich Gott für heut!« Martl rückte den Hut und wollte weitersteigen.

Der Förster aber hielt ihm den Bergstock vor und lachte:»Geh, pressiert's dir denn gar so? Setz dich ein bißl her zu mir, ich hab ein guten Enzian im Flaschl!«

Und während sich der Förster zu Füßen einer Fichte ein schönes, moosiges Plätzchen aussuchte, zog er schon das ›Flaschl‹ aus dem Rucksack. Martl ließ sich an der Seite des Alten nieder, und während sie eine Weile über das merkwürdige Wetter hin und her redeten, brachten sie es bei dem durstigen Eifer, den der Förster entwickelte, richtig so weit, daß der letzte Tropfen aus der Flasche mußte. Martl sprach von den Sorgen, die ihm das warme Wetter und der Schnee auf den Bergen gleich am vergangenen Morgen eingeflößt hätten. Der Förster nickte dazu und sagte:»Hast schon recht! An so was hab ich auch schon denkt, und drum bin ich in aller Früh schon droben gwesen und hab mich ein bißl umgschaut. Bis jetzt hat sich nix grührt, aber der Schnee hängt so lahnig droben im Gwänd, daß man jeden Augenblick meint, es fällt die ganze Bscherung abi. Da dürfte jetzt bloß einer auffisteigen und ein Juhschrei machen, daß d' Luft ein bißl zittrig wird ... ich gratulier ... da könnt's ein Rumpler geben! So einer hätt aber ausjuchezt und ausgschnauft auch!«

»Hörst, so leichtsinnig wird ja doch keiner sein! Hat ja keiner was z'suchen droben!«

»Wer weiß ...« brummte der Förster in seinen grauen Bart, während er die Stirn runzelte. Und als ihn Martl fragend ansah, knurrte er vor sich hin: »No ja, weil schon einmal d' Red drauf kommen is... es taugt mir schon nimmer den ganzen Sommer! Allbot find ich eine Schweißspur, allbot merk ich, daß einer droben auf Bsuch war in meim Gamsrevier, der net auffighört!«

»Geh! ... Hast denn ein Verdacht auf wen?«

»Ah ja! Ich hab erst gestern ein gsehen, der ein paar Federin am Hut tragt, die er net gfunden und net kauft hat. Aber Verdacht? Ich pfeif auf ein Verdacht! Treffen, das is 's einzig richtige, und nacher krachen lassen. Aber ich weiß schon... ein Hiesiger kann's net sein! Die kennen mich und meine Ghilfen und wissen, daß ich kein Spaß net versteh ... da traut sich schon lang keiner mehr auffi. Es muß ein Fremder sein ... und ganz ein feiner dazu! Und wo er sein Schlupf ghabt hat den ganzen Sommer über, das weiß ich auch seit gestern.« Der Förster schwieg, zog sein Pfeiflein aus der Joppentasche und begann es zu stopfen.

Martl saß wortlos und hielt die Hände über dem aufgezogenen Knie verschlungen. Es muß ein Fremder sein, hatte der Förster gesagt – und da war dem Martl gleich ein Name durch den Kopf geschossen. Er wußte selbst nicht, wie es nun kam, daß er gerade an diesen einen dachte – es gab ja doch im Dorf noch andere fremde Knechte – und gewiß, er war ungerecht in seinem Verdacht, denn während des ganzen Sommers hatte er vom Holzmeister nicht die leiseste Klage über den Sepp gehört, niemals ein Wörtlein, als hätte sich der Bursch auch nur an einem einzigen Morgen bei der Arbeit verspätet, an einem einzigen Abend den Arbeitsplatz vor der üblichen Feierstunde verlassen. Und die Arbeit begann doch bei grauendem Tageslicht und endete bei sinkender Dämmerung – und helle, blitzende Augen hatte er wohl, der Sepp, aber doch keine Luchsaugen, daß er pirschen könnte in finsterer Nacht.

Bedächtig hatte der Förster mit Stahl und Feuerstein ein Stücklein Zunder angebrannt, das er nun mit dem Daumen in die Pfeife drückte. Mit schiefen Augen schielte er nieder auf den Glutfunken, der in dem aufquellenden Tabak rasch um sich griff, und während der Alte in kurzen Zügen paffte, plauderte er dazwischen:»Dem Pfrointner ... sein Almhüttl ... das kennst ja! Und weißt ... seltsam war's mir oft, daß ich die Fährten und Schweißspuren schier nirgends gfunden hab als wie eine Stund um d' Almhütten ummi. Der Bachhuberin ihr Wabi is droben Sennerin gwesen ... kennst es ja! So ein bravs und ein traamhaptes Madl ... ja ... von der hätt ja nie kein Mensch nix Übles net denken mögen. Und was sagst, gestern nach der Kirchen lauf ich im Zufall an die alte Bachhuberin hin ... und wie ich schon bin, daß ich mit die alten Leut gern ein bißl hin und her diskier, die mit mir jung gwesen sind ... so stell ich mich halt hin zur Alten und frag s', wie's geht daheim. Und da hab ich gleich von Anfang gmerkt, daß 's Weibl eine recht verdrossene Pappen macht. Aber lang können sie's ja net halten, die alten Weiber, wenn s' was am Herzen haben. Grad ein bißl auf d' Stauden hab ich klopfen müssen, so hat s' zum greinen anfangt, die Alte, die nassen Tropferln sind ihr abikugelt aufs Tüchl, und narrisch gjammert hat s', was für ein Kreuz daheim mit ihrem Madl war, mit der Wabi. Weißt, 's Madl is halt nimmer so von der Alm heimkommen, wie's auffigangen is... ja, und da sagen d' Leut allweil: Auf der Alm gibt's kei Sünd!«

Mit großen Augen schaute Martl dem Förster ins Gesicht. Seine Brauen zuckten, und eine seltsame Erregung sprach aus seinen Zügen.

Der Förster aber plauderte weiter und zeichnete dazu mit der Pfeifenspitze allerlei bedeutungsvolle Schnörkel in die Luft.»Gwiß wahr, 's alte Weibl hat mich völlig dauert, wie ich's gar so lamentieren hab hören. Auf einmal aber, Bub, da hab ich d' Ohren gspitzt... weißt, wie die Bachhuberin verzählt hat, daß die Wabi net aussirucken will mit der Sprach .. kein Wörtl und kein Nam net... und auf jede Frag hätt 's Madl kein andere Antwort als weinen und weinen. Ich weiß net, aber da is mir auf der Stell eingfallen, daß ich dieselbigen Fährten und Spuren allweil in der Näh von der Wabi ihrer Hütt gfunden hab. Und ich hab so zum studieren angfangt und hab mir gesagt: Erstens einmal, wenn's ein richtiger Bursch war, einer vom

Ort, an den sich das arme Madl jetzt halten könnt, so wäre ja kein Grund net da, sein Nam zu verschweigen. Zweitens einmal, weil 's Madl jetzt, wo man d' Hauptsach doch schon weiß, weiter gar nix einbstehen will, so muß noch was anders dahinterstecken als bloß eine schief ausgschlagene Liebschaft. Und drittens einmal, weil man den ganzen Sommer nix ghört und gmerkt hat, als wann d' Wabi ein Schatz hätt, so muß das einer gwesen sein, der's besonders heimlich trieben hat und der zu seim heimlichen Treiben auch ein ganz bsondern Grund ghabt hat. Verstehst?«

In Gedanken verloren, nickte Martl langsam vor sich hin.

»Verstehst?« wiederholte der Förster. Er hatte seine Gründe mit der Pfeifenspitze an den Fingern hergezählt. Nun tat er einen langen Zug und blies den Rauch durch die Nase. »Ich wenigstens, ich kann mir's denken, wie alles zammpaßt bis aufs Haar. Z'erst hat er sich 's beste Revier ausgsucht, derselbig. Nacher hat er gmerkt, daß er da kein bessern Unterschlupf net finden könnt als wie in der Pfrointnerhütten. So hat er sich an d' Sennerin anpirscht, und weil er sich wohl denken hat können, daß ihm d' Wabi seine Lumpereien so gradweg net angehn laßt, drum hat er 's Madl verliebt gmacht, hat ihr den Kopf verdreht und hat's am End so weit bracht, daß 's Madl wohl oder übel alles hat leiden müssen, was ihm taugt hat: daß er sein Gwehr und sein Sach in der Hütten versteckt hat, daß er drin sein Unterstand ghabt hat zu jeder Stund, bei Tag und Nacht und daß er leicht gar die Gams und 's Wildbret beim Mondschein vom Hüttenfenster aus erschossen hat! Und natürlich.... aufs Madl wird er allweil druckt haben und wird ihr allweil fürgesagt haben, sie sollt nur ja, wenn's drauf und dran kommt, keiner Menschenseel sein Nam verraten... da könnt man von eim aufs ander denken, es könnt was aufkommen von seiner Lumperei, eingsperrt könnt er werden, und 's Madl sitzet nacher da in der Schand und im Elend. Ja! Es wird ihm aber net viel helfen, dem, daß er gar so fein gesponnen hat...«

Ein dumpf brüllender Laut, der aus dem tieferen Walde klang, brachte den Förster zum Schweigen – es war der zornige Brunstschrei eines Hirsches. Unwillkürlich hatte der alte Jäger nach der Büchse gegriffen, und während er mit erhobenem Kopf in den Wald hineinlauschte, flüsterte er:»Da schau, der schreit jetzt gar am Tag!«

Nun wieder ein Schrei, und merklich näher. »Heilig, der schreit ja grad auf uns zu!« raunte der Alte. »Martl, wenn 's Glück jetzt will, nacher kannst was sehen!« Um den Wind zu prüfen, blies er ein Rauchwölkchen in die Höhe, nickte befriedigt und erhob sich rasch. Doch im gleichen Augenblick bog er wieder das Knie und spannte lautlos den Hahn. »Jetzt nur kein Rührer nimmer, Martl!« Da hörte man das Brechen von Ästen und den gedämpften Sprung eines flüchtenden Wildes. Kaum zwanzig Schritte entfernt, stob ein geringer Hirsch von sechs Enden an den beiden vorüber. Im tiefen Schatten einer alten, moosbehangenen Fichte verhielt das schlanke Tier einige Sekunden und äugte unter sichtlichen Zeichen von Erregung nach rückwärts, um dann in lautloser Flucht zwischen den Bäumen zu verschwinden. Hastig legte der Förster die Büchse über das Knie, höhlte die Hände um den Mund und ahmte täuschend das gurgelnde Röhren eines schwachen Hirsches nach. Ein zorniger Schrei hallte zur Antwort, wieder hörte man die Äste brechen, und aus dem Dunkel des Waldes tauchte ein kapitaler Recke heraus, das Haupt mit dem mächtigen Kronengeweih suchend niedergesenkt auf die Fährte des verscheuchten Rivalen. Jetzt schien er irgendein Geräusch vernommen zu haben. Kampfmutig hob er das Geweih, äugte mit funkelnden Lichtern umher, und als er den Jäger gewahrte, der das Gewehr bereits im Anschlag hatte, wandte er sich mit hohem Satz zur Flucht. Schon aber krachte die Büchse, und von der Kugel aufs Blatt getroffen, brach der Hirsch zusammen, im Feuer verendend.

Während das Echo des Schusses durch den Bergwald rollte, schwang der Alte sein Hütlein und lachte: »Martl? Was sagst? Ein alter Krampl bin ich freilich, aber hinhalten kann ich allweil noch!«

Martl sagte kein Wort. Er nickte nur, erhob sich und folgte dem Förster, der auf seine Beute zuging und das Geweih des Hirsches mit beiden Händen unter den kichernden Worten faßte: »Gelt, Manderl, heut hat sich dein Eifersucht schlecht auszahlt. Ja, d' Lieb hat ihre Mucken!«

Schweigend stand Martl dabei, während der Förster sich daran machte, den Hirsch aufzubrechen. Wohl folgte Martl mit den Augen jeder Bewegung des Alten, aber nach dem zerstreuten Ausdruck seines Gesichtes zu schließen, schien er mit den Gedanken weit von der Stelle zu sein. Und endlich, nach einem schwer bedrückten Atemzuge sagte er:»Jetzt muß ich aber gehn! Lang gnug hab ich mich verhalten!«

»Du, da könntst mir ein rechten Gfallen erweisen, wenn mir zwei von deine Holzknecht schicken tätst, die mir den Hirsch heimschaffen helfen! Aber schick mir zwei vom Ort... kein Fremden net!«

»Is schon recht!« erwiderte Martl, und es zuckte dabei ganz merkwürdig über sein Gesicht.

»Und was ich noch sagen will... gelt, bhalt's für dich, was ich dir verzählt hab!«

»Hab keine Sorg!«

»Ah na, ich weiß ja, mit dir kann man reden! Also, bhüt dich Gott halt!«

»Behüt dich Gott, Förstner!«

Martl rückte den Hut und stieg durch den Wald empor. Er starrte wohl immer zu Boden, und dennoch achteten seine Augen nicht des Weges, den er ging. Sie hatten einen seltsam verlorenen Blick, diese Augen, und schauten finster unter den gefurchten Brauen hervor. In unruhiger Bewegung waren seine Hände, und immer wieder stieß er den Bergstock so heftig auf, daß unter dem Moos die Steine klirrten. Immer rascher wurde sein Gang, und sein Gesicht begann zu brennen. An einer lichteren Waldstelle traf er auf den breiten Almensteig. Einige Augenblicke besann er sich, dann schritt er über den Pfad hinweg und stieg wieder, statt dem bequemen Steige zu folgen, in gerader Richtung durch den Wald empor. Er konnte dabei nur die eine Absicht haben, seinen Weg abzukürzen. Denn nach der geraumen Weile, die er mit dem Förster verplaudert hatte, brauchte er eine gewisse Begegnung auf dem Steig nicht mehr zu fürchten. Er konnte leicht berechnen, daß Zäzil, selbst wenn sie sich gemächlich Zeit gelassen hatte, das Ziel seines Weges, den Holzschlag, längst passiert haben mußte. Vielleicht hatte sie das offene Almfeld schon erreicht.

So meinte Martl. Aber seine Rechnung stimmte nicht.

Denn eine beträchtliche Wegstrecke vor dem Holzschlag hatte Zäzil ein schönes Plätzchen gefunden, das eine prächtige Aussicht über das weite Tal und die jenseitigen Berge bot. Sogar ein Stück des grünen Seespiegels blitzte da durch die Baumwipfel herauf.

Hier hatte sich Zäzil zur Ruhe niedergelassen, und während sie träumend hinausblickte in die schöne Weite, hatte sie so viel und so lange mit ihren Gedanken zu tun, daß sie ungefähr um die gleiche Zeit, in welcher Martl den Förster verließ, zum Weitersteigen sich anschickte.

Inmitten des ernsten Grüns, von dem sie umgeben war, bot sie in ihrer farbigen Tracht ein schmuckes Bild. Sie trug das gleiche Gewand wie vor zwei Tagen bei jener verwegenen Kahnfahrt. Leise vor sich hinträllernd, den langen Bergstock bald als Stütze führend, bald spielend mit ihm die welkenden Gräser streifend, folgte sie leichten Ganges dem Pfad. Die Kraxe, die sie trug, war keine Last; denn nur ein kleines Körbchen mit Mundvorrat war auf das Brett gebunden.

Schon mehrmals hatte sie unruhig aufgehorcht. Die fleißigen Axtschläge, die immer näher hallten, schienen ihre Gedanken zu beschäftigen. Da schlug nun gar eine singende Stimme an ihr Ohr. Unter verlegenem Lächeln blieb sie unschlüssig stehen. Dann nahm ihr hübsches Gesicht einen trotzigen Zug an, und energisch wanderte sie weiter. Nach etwa fünfzig Schritten begann sich der Wald zu lichten – noch eine Wendung des Steiges – und Zäzil stand vor dem offenen, weit ausgedehnten Holzschlag, auf dem die Axthiebe klangen, die Sägen knirschten und die geschälten, wirr durcheinander liegenden Stämme in der Sonne blinkten. Und hart am Wege schlug ein hochgewachsener, schlanker Bursch unter lustigem Gesang mit flinkem Beil die Äste von einem frisch gefällten Stamm.

Es war der Holzersepp.

7

Im ersten Augenblick, als Sepp das Mädel gewahrte, machte er ein wunderlich verdutztes Gesicht. Dann blitzten seine Augen in heimlicher Freude. Er warf die Axt beiseite und hob, mit den Fingern schnalzend, die beiden Arme:»Madl! Wie kommst denn du daher! Da muß unser Herrgott drauf Obacht geben haben, wie fleißig als ich war den ganzen Morgen, weil er mir gar so eine Freud macht! Grüß dich Gott, Zäzil, grüß dich Gott!«

Zäzil stotterte etwas, das sich anhörte wie eine Erwiderung dieses Grußes. Die letzten fünfzig Schritte mußten sie aber bedenklich erhitzt haben, denn sie zog ein weißes Tüchlein hervor, mit dem sie sich ein um das andere Mal über das glühende Gesicht fuhr.

Langsam näherte sich der Bursch, und schmunzelnd gewahrte er den kleinen Strauß von getrockneten Edelweißblüten auf dem Hütlein, das Zäzil am linken Arm hängen hatte.»Na also, grüß dich Gott da heroben!« wiederholte er und reichte dem Mädel die braune Rechte hin.»Ein Patscherl wirst mir doch geben!«

»Weswegen denn net?« meinte Zäzil; sie steckte das Tüchlein ein und gab dem Burschen die Hand. Er umspannte ihre Finger mit zärtlichem Druck und sah ihr in die Augen. Da wurde sie rot bis unter die Haare und guckte an ihm vorüber über den weiten, von goldigem Sonnenschein überfluteten Windbruch.

»Aber sag, was suchst denn da heroben? Wo willst denn hin?«

Mit einiger Anstrengung befreite sie ihre Hand.»In unser Almhütten muß ich nauf.«

In den Zügen des Burschen zuckte etwas, als hätte er diese Antwort erwartet und als wäre sie ihm aus irgendeinem Grunde willkommen. Dennoch fragte er verwundert:»Hat denn dein Vater da rum in der Näh wo eine Alm?«

»Aber freilich! Gleich die erste überm Windbruch droben, keine dreiviertel Stund von da.«

»Jetzt da schau!« lachte Sepp.»Den ganzen Sommer lieg ich da heroben umeinander im Holz und hab von keiner Alm was ghört und gsehen. Das hätt ich halt früher wissen sollen! Da wär ich fein schon diemal auf ein Bsuch auffikommen und hätt ein bißl plauscht mit dir!«

»Plauschen? Mit mir? Das hätt sich aber hart gmacht!« erwiderte Zäzil ein wenig schnippisch. Als sie aber das erstaunte Gesicht sah, das er machte, lachte sie und fügte erklärend bei:»Ich bin ja nimmer droben gwesen, seit der Vater im Frühjahr auftrieben hat. Er hat eine Sennerin ghabt... der alten Bachhuberin ihr Wabi.«

»Ah so! Da hätt sich ein Bsuch freilich net verlohnt.«

»Warum? Kennst du denn die Wabi?«

»Gott bewahr... ich hab nur gmeint, weil ich dich net droben gfunden hätt.«

Zäzil hustete und tat, als hätte sie diese Worte ganz überhört. Sie rückte die Kraxe höher gegen die Schultern und lockerte das kleine Lederkissen, das sie über den Zöpfen liegen hatte, um den Druck des auf dem Kopfe ruhenden Brettes zu mildern.

»Das muß aber eine schöne Alm sein, deim Vatern sein Alm!« meinte Sepp.»Und schau, da sollt ich die Gelegenheit schon benutzen, daß ich noch einmal auffikomm, vor der Winter herfallt übers Holz. Weißt was... wenn's dir recht is, trag ich dir dein Kraxen das Katzensprüngl auffi!«

»Aber was dir einfallt!« stotterte Zäzil erschrocken. Dann aber verzog sie das Mäulchen und spottete:»Dein Bauer tat weiters net mamsen, wenn er hören möcht, daß ich dich von seiner Arbeit abzieh.«

»Soll er mamsen, so lang er mag!« lachte Sepp.»Ich kann's einmal net sehen, daß sich dein liebs Köpfl plagen soll mit so eim Kasten. Geh weiter, gib her!« Mit kecken Händen griff er zu, und bevor es ihm Zäzil wehren konnte, hatte er schon den einen Tragriemen von der Kraxe losgehakt. Sie sträubte sich, sie schalt und zürnte; er aber lachte nur immer, zog ihr auch den zweiten Riemen von der Schulter und lud mit flinkem Schwung die Kraxe auf seinen Rücken.

Einen Augenblick schien es, als möchte sie ernstlich böse werden. Doch seinem hellen, fröhlichen Lachen und seinen lustig blitzenden Augen gegenüber konnte sie zu keinem rechten Zorne kommen. »Du bist aber einmal ein gewalttätiger Nickel, du!« schmollte sie und bückte sich nach dem runden Lederpolster, das sie während des kleinen Handgemenges verloren hatte.»Aber wenn grad meinst, es muß sein... meintwegen! Mir is 's recht! Brauch ich mich grad net z' plagen!«Bei diesen Worten schritt sie an Sepp vorüber und folgte dem Steige, der nach kurzer Strecke vom Holzschlag wieder hinweglenkte und in engen Zickzacklinien durch steilen Lärchenwald emporführte.

Gemächlich wanderte Sepp hinter dem Mädel her. Er machte keinen Versuch, das abgebrochene Gespräch wieder anzuknüpfen. Er musterte nur immer mit blinzelnden Augen ihre schmucke Gestalt, drehte ab und zu seinen blonden Schnurrbart und schmunzelte vergnügt vor sich hin. Dann zog er sein Pfeiflein hervor, um es instand zu setzen; in dem tönernen Kopfe wollte das Rohr nicht halten; da suchte Sepp aus seinen Taschen ein Blatt Papier hervor, riß einen fingerschmalen Streif davon ab, den er um die Schraube des Rohres wickelte, und warf den Rest des Blattes über den Wegsaum.

Als der steile Hang überwunden war und der Lärchenwald in sanfter Neigung sich gegen die offenen Almgehänge hindehnte, die schon durch die schütteren Wipfel niederschimmerten, mündete der schmale Steig in einen breiteren Holzweg, der den beiden wohl gestattet hätte, Seite an Seite zu gehen. Doch eine gute Strecke wanderte Zäzil mit flinken Schritten noch allein voraus. Dann plötzlich blieb sie stehen, ließ den Burschen herankommen und reichte ihm das kleine Lederkissen hin, das sie die ganze Zeit über in der Hand getragen hatte.»Ganz vergessen hab ich«, sagte sie,»da, nimm doch 's Polsterl, 's Brettl muß dich ja drucken am Kopf.«

»Gott bewahr!«lachte Sepp.»Da hab ich schon ganz andere Kraxen ohne Polster tragen, gladen mit anderthalb Zentner!«

»Jetzt sei net bockbeinig!«erwiderte Zäzil ärgerlich.»Halt ein bißl an!«Und als er dicht vor ihr stehenblieb, lehnte sie den Bergstock an einen Baum, hob die beiden Arme und schob ihm das Kissen unter das Brett, das auf seinem Kopfe lag.

»Vergeltsgott, Madl! Aber gwiß wahr, das bißl Tragen hätt ich kaum verspürt. Die Kraxen liegt ja so leicht als wie ein Federl. Hab mich eh schon gewundert, weswegen mit der leeren Kraxen da aufsteigst. D'Alm muß ja doch schon abtrieben sein... der Zeit nach, mein' ich.«

»No freilich abtrieben, aber noch gar net lang«, antwortete Zäzil, während sie hart am Rande des Weges langsam weiterging, so daß sich Sepp an ihrer Seite halten konnte. »Der Vater hat wohl vor drei Wochen schon gmeint, daß d' Sennerin abtreiben sollt auf d' Niederalm. Aber die Wabi hat 's Abtreiben allweil gschoben und gschoben... kann mir gar net denken, was für ein Grund 's Madl ghabt haben muß, daß sie sich gar so lang da heroben verhalten hat. Mit der Weid kann 's doch schon lang nimmer gut ausgschaut haben. Aber wie nacher auf einmal das grobe Wetter eingfallen is und wie 's den tiefen Schnee gworfen hat über Nacht, da hat die Wabi auf Knall und Fall abtreiben müssen und gar kein Zeit nimmer hat s' ghabt, daß sie in der Hütten ein bißl aufgräumt und alles nuntergschafft hätt, was droben is. Und natürlich wie d' Wabi so auf einmal daherkommen is mit'm Vieh, da hat's beim Vater ein richtigs Wetter gsetzt, und im Zorn hat er 's Madel heimgschickt zur Mutter. Und gestern am Abend hat er gmeint, ich sollt heut in der Früh mit der Kraxen auffi, sollt die Hütten ein bißl zammrichten, 's Gschirr alles aufpacken, und er selber tat am Nachmittag mit'm Knecht nachkommen und alles nunterschaffen. No ja, und so bin ich halt auffi.«

Ein tiefer Atemzug folgte diesen Worten. Zäzil hatte mit flinkem Eifer gesprochen. Sie schien von der Wichtigkeit der Sache, die sie da behandelt hatte, ganz durchdrungen. Aber was ihr die Zunge so leicht gemacht hatte, war doch nichts anderes als die ihr selbst wohl nur halb bewußte Wahrnehmung, daß sie mit diesen wichtigen Dingen einen unverfänglichen Gesprächsstoff gefunden hatte. Nur schade, daß die Sache gar so hurtig abgesprochen war. Das schien der tiefe Seufzer zu sagen, den sie als Punktum hinter ihre Rede gesetzt hatte.

Mit einer Aufmerksamkeit, die ganz des behandelten Gegenstandes würdig war, hatte Sepp zugehört. Er schien vollständig bei der Sache zu sein. Keine Miene verriet, daß er vielleicht noch an etwas anderes dächte als eben nur an das, was er hörte. Jeden Satz, den Zäzil sprach, begleitete er mit einer verständnisvollen Bewegung seiner Augenbrauen. Und als sie dann mit ihrer Wissenschaft zu Ende war, sagte er: »Da wirst aber den ganzen Tag über ordentlich schaffen müssen. Gwiß wahr, ich tät dir gern helfen... aber ich versteh halt net viel von solchene Sachen. In die Sennhütten und mit der Hauserei hab ich nie was zum tun ghabt. Ich glaub, ich bin schon als Holzknecht auf d' Welt kommen.«

»Geh!« lachte sie. Eine Weile schien sie sich mit irgendeinem Gedanken zu beschäftigen; dann plötzlich fragte sie:»Und von der Bauernarbeit verstehst gar nix?«

»Net bsonders viel! Aber wenn's drauf ankam... so einer bin ich schon, daß ich bei jeder Arbeit grad ein einzigs Mal zuschauen darf, nacher mach ich's nach. Ein hellen Kopf mußt halt haben, ein richtigen Fleiß, den rechten Willen und zwei gsunde Arme dazu. Es is bei der Holzarbeit grad so! Ja, du! Beim Windbruch drunt is fein kein zweiter net, der mit mir auf gleich kommt... da bleibt ein jeder zruck.«

Zäzil nickte, als hätte Sepp ihr mit diesen Worten nichts Neues gesagt.

»Aber no, ich bin's halt auch gwöhnt von klein auf!« fuhr der Bursch mit lustigem Geplauder weiter.»Ein Bübl von zwölf Jahren bin ich gwesen, da hab ich schon mein ersten Baum gschlagen. Selbigsmal war's noch ein Gspaß für mich, aber mit dem Gspaß hab ich bald Ernst machen müssen. Denn wie mein Vater verstorben is...«

»Geh! Kein Vater nimmer hast?« fuhr Zäzil auf und sah den Burschen herzlich an.

»Na, kein Vater nimmer!« wiederholte Sepp in wehmutsvollem Ton, der auf eine mitfühlende Mädchenseele wohl seine Wirkung üben konnte.»Bloß ein alts Mutterl hab ich noch! Ja, du... die hab ich fein sakrisch gern!... In meiner Heimat draußt hat d' Mutter ein kleins Häusl. Viel is freilich net drin, aber die richtige Zfriedenheit is noch allweil daheim gwesen unter unserm Dach. Vom Frühjahr bis in Herbst, da schaff ich drauflos wie der Teufel, und im Winter bin ich mit 'm Mutterl beinand, und da leben wir von dem, was ich im Sommer erspart hab. Was liegt denn dran, daß ich ein armer Hascher bin? Ein richtigs Gnügen muß man halt haben! Wenn ich so bei der Mutter in der warmen Stuben sitz und wenn wir so gemütlich plauschen miteinand, da neid ich den reichsten Bauern net um sein Gut und Geld. Ich hab zwei gsunde Arm, ein lustigen Hamur und ein treues Herz dazu... das is auch was wert.«

»Und net wenig!« glitt es leise von Zäzils Lippen.

»Meinst?« lächelte Sepp.

Ihre Augen begegneten sich, und dunkle Röte färbte die Wangen des Mädels.

Einige Schritte wanderten sie schweigend weiter, dann lachte der Bursche:»Gwiß wahr, ich tausch auch mit keim von die reichen Bauernsöhn. Und weißt, wenn's grad drauf ankommt, da laß ich mich fein von keim andern spotten. Den muß ich erst noch finden, der mir am Tanzboden mein Schuhplattler nachtanzt. Am Berg droben is mir noch kein Wand unterkommen, die mir z'gach gwesen war, und ein Wasser darf so wild sein, wie's mag ... ich fahr aussi! Im Zitherspielen und Gstanzlsingen fürcht ich schon gar kein, und bei eim Scheibenschießen, wenn's grad sein müßt, trau ich mir noch allweil zu, daß ich mir's Allerbeste rausschieß. Ja ... bei jeder Lustigkeit trau ich mir der erste z'sein, wie ich's bei der Arbeit und beim Schaffen bin. Aber mein, wie d' Welt schon is... ein richtigs Gmüt und die richtige Schneid kann man net abschätzen wie ein Sack voll Kronentaler... und drum, mein' ich, könnt's mir übel ausschlagen, wenn's mir vom lieben Herrgott fürgsetzt war, daß ich einmal mein arms Herzl, mein einschichtigs, am unrechten Platz verlieren müßt.« Unter schwerem Seufzer fuhr er sich mit der Hand über die Stirne; dabei spähte er zu Zäzil hinüber.»No schau«, sagte er in einem Ton, der ein schmerzliches Empfinden verraten sollte, »bist ja auch eine reiche Bauerntochter. Dir werden deine Leut auch schon einpredigt haben, daß bei deim Zukünftigen z'allererst auf den Leibgurt schauen mußt statt in d' Augen und ins Gmüt. Wirst dir halt auch einmal ein recht ein Gstatzten aussuchen, der, wo er hingreift, auf ein Geldsack schlagen kann. Oder net?«

»Natürlich! Was denn anders!« stieß Zäzil mit bebenden Worten vor sich hin.

Wieder ein Seufzer, noch schwerer.»Hast dir am End gar schon ein ausgsucht?«

»Is schon möglich.«

»Ja, ja, ich kann mir auch denken, daß dir unter die reichen Bauernhäuser jede Tür offen steht, und wenn's gleich eine war, wo auf und auf von Gold und Silber is. Is ja gleich in deiner Nachbarschaft einer, ein recht ein Reicher... weißt, mein Holzherr, der junge Bründlbauer... der is ja noch ein Lediger!«

Da fuhr das Mädel auf, als hätte sich ihm ein Schlänglein um die Füße geringelt. Und der Bursch machte ein verblüfftes Gesicht zu dem zornfunkelnden Blick, der ihn aus Zäzils Augen traf.

»Ein Lediger, ja ... und das kann er von mir aus bleiben, solang er mag! Für so ein, wie der is, halt ich mich noch allweil z'gut.« Und beim letzten Wörtlein stieß Zäzil den Bergstock auf, daß unter dem Eisenstachel ein morscher Kiesel in schwirrende Stücke zersplitterte.

8

Wäre das harte Wort, das Zäzil gesprochen hatte, von einem verräterischen Windhauch getragen, hinuntergeklungen bis zu Martls Ohr, er hätte nicht finsterer blicken können als eben jetzt, da er unter den leise rauschenden Bäumen hervortrat auf die breite offene Gasse, die der Frühlingssturm durch seinen Wald gerissen. Schwer atmend nahm er den Hut ab und trocknete die feuchte Stirn. Noch trüber wurde sein Blick, als er hinsah über den sonnenheißen Platz, auf welchem Axtschläge und rufende Stimmen hier und dort sich vernehmen ließen. Das Bild der Verwüstung, das vor seinen Augen lag, schien ihm schmerzlich in die Seele zu greifen. Wie herrlich war dieser Wald gestanden mit seinen ragenden Masten und schaukelnden Kronen! Und jetzt! Nur einzelne zersplitterte Strünke ragten noch in die Luft. In wirrer Menge lagen die geschälten Stämme durcheinander. Überall ein Wust von geknickten Zweigen und zerrissenen Rinden; beinah mannshoch deckten an manchen Stellen die abgeschlagenen, halb schon verdorrten Äste den Boden. Und wo der Grund noch frei lag, da war der einst so sanfte Moosteppich von grobem Unkraut überwuchert oder zerwühlt bis auf den felsigen Untergrund und durchsetzt von Schuttlöchern, die sich überall gebildet, wo die von der Riesengewalt des Sturmes jählings niedergedrückten Bäume, ihren ganzen Wurzelstock aus der Erde emporgerissen hatten.

Ein paar Dutzend fleißiger Hände rührten sich auf dem Platze, man hörte die Sägen knirschen, und es hallten die Schläge der Axt. Hunderte von Stämmen lagen schon gemessen und gerichtet, um nach Einbruch des Winters auf glatter Schneebahn ins Tal geschleift zu werden. Die Abfälle dieser Blöcke, die zersplitterten Stämme und die stärkeren Äste waren zu Brennholz verarbeitet, das überall geklaftert stand und auf die Schlitten wartete, die es in fliegender Eile über die beschneiten Wege ins Dorf hinunterführen sollten. Das Holz hatte seinen Wert, und es war ein schönes Stück Geld, das der junge Bründlbauer an diesem Windbruch verdiente. Aber wie Martl so dastand, auf seinen Bergstock gestützt, mit schwermütigen Augen, war es ihm ohne Mühe vom Gesicht zu lesen, daß er den ganzen Gewinn mit Freuden hingegeben und gern noch ein wohlgezähltes Hundert blanker Markstücke dazu gelegt hätte, wenn ein freundliches Wunder den toten Wald wieder erweckt haben würde zu grünem Leben.

»So schön is er gstanden, mein Wald!«

Seufzend drückte Martl den Hut über die krausen Haare und mühte sich über das wirr liegende Astwerk hinweg, bis er zu zwei Holzknechten kam, die einen böse zersplitterten Stamm in kurze Stücke zersägten. Eine Weile sprach er mit ihnen über den Gang und den Stand der Arbeit, dann plötzlich fragte er: »Wo schafft der Sepp?«

Die beiden Knechte tauschten einen lächelnden Blick. »Da draußen hat er gschafft«, sagte der eine, »gleich da draußen am Weg. Aber mir scheint, er hat Gesellschaft gfunden, die ihm besser taugt hat wie 's Holzklieben. Dem Pfrointner sein Madl is auf d'Alm auffi, und der hat er die Kraxen nachtragen.«

»Hat halt ein mitleidigs Herz!« lachte der andere.

»Muß schon so sein, denn der Weg da auffi, der kann ihm doch nix Seltsams sein! Er is ihn ja oft gnug gangen!«

Martl brachte keinen Laut aus der Kehle. In seinen Schläfen hämmerte das Blut, und ihm war, als schlösse sich eine kalte Faust um seinen Hals. In seinem Kopf aber jagten sich die Gedanken, und in seinen Ohren klangen die spöttischen Reden der beiden Holzknechte mit allem zusammen, was ihm der alte Förster vorgeplaudert hatte. Nun wußte er, weshalb sich Sepp den ganzen Sommer hindurch so selten im Dorfe drunten hatte sehen lassen. Mehr als einmal hatte Martl den genügsamen Sinn und die Sparsamkeit des Burschen belobt, der seine Feierabende, die Nächte und jeden Sonntag, wie er sagte, lieber im Bergwald droben in einem aus Fichtenzweigen und Baumrinden gefügten Hüttchen verbracht statt dem Beispiel der anderen Holzknechte zu folgen, die am Feiertag den sauer verdienten Wochenlohn auf dem Tanzboden, hinter dem Biertisch und beim Kartenspiel verjubelten. Jetzt aber verstand Martl das merkwürdige Lächeln, mit dem der Bursch diese Lobsprüche immer eingesteckt hatte; jetzt wußte Martl, wo die Hütte stand und wie sie hieß, in welcher Sepp seine Sonntage gewiß nicht verschlafen hatte und auch nicht die mondhellen Nächte. Hastig wechselnde Bilder schossen vor Martls Augen auf: Er sah die Bachhuberin vor dem Förster stehen, sah, wie dem alten Weiblein die Zähren über das Fürtuch kollerten, aus Kummer um die Tochter, die zu Hause in einem Winkel kauerte und das Gesicht in die Hände vergraben hielt – es tauchte die Gestalt des Burschen vor ihm auf, schmuck und lachend – er sah ihn im schwankenden Nachen stehen, Zäzil zu seinen Füßen, umrauscht vom stürmischen See – und er sah ihn am Ufer, wie er die Arme jauchzend um dieses junge, schmucke Leben schlang und diese roten Lippen küßte! Dann wieder sah er sie beisammen stehen am Gartenzaun, hörte sie plaudern und scherzen und sah den Burschen lachend davonschreiten, mit den Blumen auf dem Hütl. Und jetzt wanderten die beiden hinauf durch den sonnigen Wald, Hand in Hand; sie erreichten die Hütte, Seite an Seite sitzen sie auf dem Herde, Zäzil allein mit ihm, mit diesem Heuchler, diesem Wilddieb und Verführer! Da steht dem Martl plötzlich wieder das alte Weiblein vor den Augen – aber nein, das ist nicht mehr die Bachhuberin! Seine Nachbarin ist es, die Bäuerin auf der Pfroint – und dort in der Stubenecke...

Martl fuhr mit der Hand an seinen Hals und riß den Hemdkragen auf:»So? So?« Dann nickte er einen wortlosen Gruß und stieg an den beiden Holzknechten vorüber, die ihm nachblickten mit verdutzten Gesichtern.»Was hat er denn?« brummte einer. Der andere zuckte die Achseln und lachte:»Was weiß denn ich!« Nun sahen sie, wie Martl stehenblieb und sich zurückwandte. Er hatte sich an das Versprechen erinnert, das er dem Förster gegeben. Mit heiser klingender Stimme rief er den zwei Knechten zu, daß sie hinuntersteigen sollten zum Förster, um ihm behilflich zu sein beim Heimschaffen des erlegten Hirsches. Dann eilte er weiter, wobei er sich oft mit dem Bergstock in hohem Satz über die liegenden Stämme hinwegschwang. Als er den freien Steig erreichte, streifte er mit finsterem Blick die am Wegsaum liegende Axt. Und so hastig wanderte er den steilen Pfad hinauf, daß ihm der Atem verging, noch ehe der Wald zu Ende war. Sein Gesicht war bleich vor Aufregung und Erschöpfung; er mußte sich zu kurzer Rast auf einen Wurzelstock niederlassen. Da sah er ein Blatt Papier vor seinen Füßen liegen. Er griff danach; es war ein abgerissenes Stück von einem Briefe, mit ungelenken, zittrigen Buchstaben beschrieben, und Martl las:

›... den ganzen Sommer nix von dir hören laßt, wo ich mich so viel kimmern tu um dich und schier nich zun leben hab. Gottlob das die gutten Nachbarsleut net ganz auf mich vergessen, aber net sagen kann ichs wie mir das in Herzen weh tun muß, daß ander Leut besser sind zu mir, als mein leibligs Kind, wo ich untern Herzen tragen und gsorgt hab mein Leben lang in Noht und Sorgen. Dein Vater selig müßts in Grab umdrehn, wenn ers wissen tat, aber gottlob das er nichts net weiß, wo er mich soviel gern ghabt hat, der gutte, brave Mo, und wan er jez wissen müßt, wie ich mich hinsorgen mus auf meine alten Tag, und allweil noch fürchten müssen, das einmal was anfangst und was aufkommt von deine Sachen, völli zidern muß ich Tag und Nacht. Schau ich bitt di gottstausendmal mein lieber Bub, sei doch einmal gscheid und las dir was sagen, meints dir ja kei Mensch net besser, weil halt die Mutterlieb is wie ein Brunn ein tiefer, wo kein Mensch net ausschöpfen kann, und las dir sagen...‹

Anfang und Ende des Briefes fehlten. Von dem zusammengelegten Blatte war der Breite nach ein Streifen Papier abgerissen worden, wie man ihn wohl benötigt, um das im Pfeifenkopf wackelig gewordene Rohr damit zu füttern.

Martls Augen waren feucht geworden beim Lesen, eine Weile starrte er auf die kleinen runden Flecken nieder, unter denen hier und dort die ungelenke Schrift verschwommen war; dann wog er das Blatt auf der flachen Hand – es war so leicht, und der Kummer doch so schwer, der aus diesen stammelnden Zeilen sprach. Da wehte ihm ein Windhauch das Blatt aus der Hand, es gaukelte quer über den Pfad und flatterte zwischen die Bäume.

»Ja, Briefl, hast recht... was das arme Weibl gschrieben hat in dir, es war in Wind einigredt!«

Aufseufzend erhob er sich und eilte dem offenen Almgehänge zu.

– –

Sepp und Zäzil hatten inzwischen die Hütte fast erreicht. Nur langsam kamen sie vorwärts; die abgeweideten Grasflächen waren schlüpfrig und die Viehsteige durchweicht vom Schneewasser. Auch sonst war die Wanderung vom Waldsaum über das Almfeld keine sehr behagliche gewesen. Mit dem Augenblick, da die Rede auf den jungen Bründlbauer gekommen, war Zäzils gute Laune verflogen. Sie gab auf die zutunlichen Reden des Burschen nur kurze, ausweichende Antworten, so daß er schließlich stehenblieb und ihr gekränkt in die Augen sah.

»Madl! Was hast denn auf einmal? Ich kann dich doch um Gottes willen net beleidigt haben?«

Zäzil schüttelte den Kopf.

»No schau, ich tät mir ja lieber die Zung abbeißen, vor ich zu dir ein unguts Wörtl sagen möcht. So geh... gib mir d' Hand drauf, daß mir gut bist.« Er bot ihr die Hand hin, und ohne Zögern schlug sie ein. »Jetzt is mir ein ganzer Stein vom Herzen!« lachte er glückselig. Und da entzog sie ihm errötend ihre Hand, die er etwas gar zu zärtlich gedrückt hatte.

Zäzil schien ihre gute Laune wiedergefunden zu haben, wenngleich sie dem Burschen keine Zeit ließ, ihre versöhnliche Stimmung zu nützen. Zu den himmelhoch getürmten Steinmassen deutete sie empor, die über dem Almfeld sich erhoben und deren Gehänge und Stufen von schwerem Schnee bedeckt lagen. Der würde, wenn er ins Rollen käme, wohl genügen, um das ganze Almfeld haushoch zu verschütten. Sepp lächelte und ging auf ihre Sorgen ein; er meinte sogar, daß die Sennhütte, die hart an den Fuß der Felswand angebaut war, auf einem recht gefährlichen Platze stünde. Diese Meinung aber wollte Zäzil nicht gelten lassen. Die Hütte stünde hier schon seit ihres Großvaters Zeiten, und wenn auch manch ein harter Winter dem alten Blockhaus schon übel mitgespielt hätte, so wäre es doch in jedem Frühjahr immer wieder heil hervorgetaucht aus dem schmelzenden Schnee. Der läge im tieferen Winter freilich bis hoch über das Dach, aber das wäre gerade gut so, weil dann die von den Felswänden niederstürzenden Lawinen darüber hinweggingen und der Hütte nichts anhaben könnten.

Unter solchen Gesprächen erreichten sie das von rohem Zaunwerk eingehegte, nun verwilderte Gärtchen, das die altersgrauen Blockwände der Hütte von drei Seiten umzog. Es war eine herrliche Aussicht, die man von dieser Stelle genoß. Ringsumher das weite Almfeld, von Wassergräben durchrissen, von schmalen Steinhalden durchzogen, quer über den Berghang hingedehnt in stundenweite Ferne, so daß die entlegensten Hütten sich ansahen wie kleine Steinblöcke, die in der Sonne schimmerten. Und tiefer dann der Wald mit seinen dunkelgrünen Wogen, die in der Nähe des Tales, wo der welkende Laubwald mit seinen grellen Farben begann, in ein rot und goldig leuchtendes Meer zu verrinnen schienen. Gleich einem blank geschliffenen Smaragd blitzte der See herauf, und winzigem Spielzeug glichen die Häuser des Dorfes, in buntem Wirrwarr ausgestreut über den fahlgrünen Talgrund, der durch weiße und rote Linien, durch die Sträßchen, Bretterzäune und welkenden Hecken abgeteilt erschien in zierliche Gevierte. Und rings um das herrliche Bild spannten die ragenden Felskolosse ihre steinernen Riesenarme, mit Schnee behangen, überwölbt vom klaren Blau des Himmels und umlagert vom majestätischen Schweigen der herbstlichen Bergwelt, das die Schneebäche mit ihrem gedämpften Rauschen kaum zu stören vermochten.

»Gfallt's dir da heroben? Gelt, da is schön?« lächelte Zäzil. »Mir geht 's ganze Herz allweil auf, wenn ich so aussischauen kann in d' Weiten.«

»Ja, schön, das muß ich sagen«, schmunzelte Sepp. »Das hätt ich halt früher wissen sollen! Da war ich schon diemal auffigstiegen. Ich bin ein Freund von die schönen Aussichten, ein ganz ein bsonderer!«

Zäzil schaute zu ihm auf, doch als ihr Blick seinen lachenden Augen begegnete, wandte sie sich der Hütte zu, um mit dem Schlüssel, den sie aus der Tasche hervornestelte, die Tür aufzusperren.

Die Sennhütte des Pfrointners war einer der stattlichsten ›Kaser‹ weit und breit, nach ländlichen Begriffen fast schon ein Haus zu nennen. Ein breiter, mit Lehm ausgeschlagener Gang führte vom Eingang quer durch die ganze Hütte. Links von diesem Gang lag der große, jetzt leere Stall, der sein eigenes Tor ins Freie hatte. Zur Rechten gelangte man in die geräumige Sennstube, an die sich, gegen die Felswand, zwei kleine Kammern schlossen. »Mein Gott, aber da schaut's aus!« seufzte Zäzil, als sie, dem Burschen voran, die Sennstube betrat, in der eine Unordnung herrschte, als hätte die Sennerin während der Arbeit die Hütte verlassen. Auf der langen Holzbank, die unter den zwei kleinen Fenstern in die Blockwand eingelassen war, standen allerlei Holzgefäße umher, ungewaschene Milchtücher hingen dazwischen, dünne Reiser und kleine Späne lagen auf den Dielen; und auf dem breiten, niederen Herde, der mit dem großen kupfernen Käsekessel fast die ganze der Tür gegenüberliegende Wand einnahm, lag zwischen halbverkohlten Scheitstücken noch die Asche des letzten Feuers.

Während Zäzil unmutig umherguckte, stellte Sepp die Kraxe auf den Herd, ließ zwischen den Fenstern den Klapptisch nieder und setzte sich auf die Bank. Zäzil legte ihren Hut ab, trat in eine der beiden Kammern hinaus, und als sie wieder erschien, hatte sie eine große, blaue Leinenschürze umgebunden.

»Was is denn? Pressiert's denn gar so mit der Arbeit?« fragte Sepp. »Sollst doch ein bißl rasten z'erst! Geh, setz dich her, plausch ein bißl, d' Arbeit lauft dir net davon.«

»D' Arbeit freilich net, aber meine Zeit, die lauft. Ich därf mich ordentlich tummeln, wenn ich alles sauber und in der Ordnung haben will, bis der Vater kommt. Und es war mir schon gar net wohl, wenn ich alles so stehn und liegen sehen müßt vor mir. Je flinker ich zugreif, desto besser freut's mich.«

»Bist halt die Richtige, wie s' unser Herrgott net alle Tag auf d' Welt schickt. Mit dir wär einer aufgricht!« seufzte der Bursch und zeigte dem lachenden Mädel zwei fromme, sehnsüchtige Augen. Und leise, als wäre diese Meinung gar nicht für Zäzils Ohren berechnet, fügte er bei: »Schad, daß du grad in so eim reichen Bauernhof auf d' Welt hast kommen müssen.«

»Schad? Warum? Tust ja, wie wenn's ein Unglück war!«

»Ein Unglück für dich freilich net... aber wer weiß, leicht für ein andern!«

Zäzil erwiderte keine Silbe, sondern begann mit unruhiger Hast ihre Arbeit. Auch Sepp blieb stumm; er nickte nur langsam vor sich hin, atmete tief und fuhr sich mit der Hand über die Stirne. So saß er eine Weile. Dann griff er wie spielend nach Zäzils Hut, drehte ihn ein paarmal zwischen den Händen und sagte: »Da hast aber ein schönen Edelweißbuschen auf deim Hut! Wo hast ihn denn her?«

Zäzil zögerte mit der Antwort; dann sagte sie schmunzelnd: »Der Buschen? Heut nacht is er gwachsen an meim Kammerfenster.«

»Geh?«

»Ja, wie ich aufgwacht bin in der Früh, hat er mich anglacht durchs Fenster.«

»So stad is er gwachsen, daß gar nix ghört hast... in der Nacht?«

»Na, gar nix! Mein, wer jung und gsund is, hat halt ein guten Schlaf.«

Er blitzte sie mit seinen flinken Augen an, und da konnte er aus ihrem verschmitzten Lächeln ohne Mühe lesen, daß sie den ›Buschen‹ doch wohl hatte ›wachsen‹ hören. Wieder betrachtete er die gut erhaltenen Edelweißblüten und sagte:»Ein nobliger Buschen... der Geist, der ihn dir z'lieb hat wachsen lassen an deim Fenster, muß dir's schon recht gut vermeint haben. Schön is er, das muß ich selber sagen... aber weißt, ich hab auch ein Buschen, und ein, der mir noch weitaus lieber is, wenn er gleich nimmer darnach ausschaut.« Er hielt ihr den eigenen Hut entgegen, hinter dessen Schnur, nun freilich verwelkt, die Blumen hingen, die Zäzil gepflückt und dem Burschen geschenkt hatte.

»Der Gschmack is halt verschieden«, meinte sie verlegen,»mir gfallt der meinige besser. Aber was ich sagen will, wegen dem Geist... gar so geisterhaft kann er net ausgschaut haben, denn die Geister fliegen, soviel ich weiß, durch d' Luft, derselbig aber hat kerzengrad an der Mauer aufnsteigen müssen übers Spalier. So ein Wildling, so ein kecker! Hätten ja leicht die Latten brechen können.«

»No, ja, wer weiß, leicht is er schon so, der gwisse Geist, daß er aufs Halsbrechen net ansteht, wann er dir eine kleine Freud machen kann!«

»Geh, du!« schmollte sie ihn freundlich an.»Und wenn ihm was geschehen wär bei so eim kecken Stückl... daß ich den Schrecken und ein rechten Verdruß davon hätt haben müssen, daran hat er net denkt!«

»Madl... bist ihm harb darum?«

Sie schüttelte den Kopf und schwieg. Erst nach einer Weile sagte sie:»Eigentlich sollt ich ihn schon recht auszanken ... aber no, weil's schon einmal gut ausgfallen is und weil ich's net leugnen will, daß er mich gfreut hat, der Buschen... wenn ich wüßt, wo er z'finden war, der gwisse Geist, so möcht ich ihm gern ein Vergeltsgott sagen!«

Mit blitzenden Augen sprang Sepp von der Bank und streckte ihr die Hand entgegen:»So sag's ihm halt!«

Frei und offen schaute sie zu ihm auf und legte ihre Hand in die seine.»No also, Vergeltsgott halt!«

»Madl... Madl... schau, wieviel mir dein Vergeltsgott wert is, ich kann dir's gar net sagen! Und daß dir meine Blümerln ein bißl Freud machen, schau, nix Liebers wüßt ich mir gar net in der Welt! Im Sommer hab ich die Blümerln brockt, z'höchst auffi bin ich gstiegen ins Gwänd, wo mir kein anderer net nachsteigt... und gmeint hab ich, daß ich den Buschen einmal meiner Mutter heimbring... an ein Madl hab ich ja nie net denkt! Aber jetzt... jetzt... schau, ich kann's nimmer verhalten, und sagen muß ich's: Gleich wie ich dich 's erstemal gsehen hab, da hat's mich schon packt, daß ich mich nimmer dagegen hab wehren können! Kein Ruh nimmer hab ich ghabt in der Nacht, und Tag um Tag bist mein Denken gwesen, du ganz allein! Freilich, ein armer Teufel bin ich, und Hoffnung hab ich mir keine net gmacht. Aber mein Herzl, das ghört dein, und das is treu wie Gold! Und wenn gleich sagen möchtest: Sepp, steig auffi, und über die höchste Wand spring abi... Madl, ich tu's! Alles, alles für dich! Zerreißen tät ich mich lassen... mein letzten Blutstropfen tät ich hergeben für dich... so viel hab ich dich gern, Madl, so viel, so viel!«

Heiß funkelten die Augen des Burschen – das war kein Sprechen, sondern ein Jauchzen, Wort um Wort – und als hätte die jäh entfesselte Leidenschaft ihn trunken gemacht, so streckte er die Arme, um das junge Geschöpf an seine Brust zu reißen.

In glühender Röte brannten Zäzils Wangen, ihre Augen waren halb geschlossen, und sie ließ es geschehen, daß er sie mit beiden Armen umschlang. Doch plötzlich zuckte es wie Schreck durch ihren Körper.»Sepp!« stammelte sie –, er wollte ihren Mund mit Küssen schließen, doch sie drängte den Ungestümen von sich und hob lauschend den Kopf.»Sepp... ich hab was ghört... es muß wer auf d' Hütten zukommen!«

Einen flüchtigen Blick nur warf er durch das Fenster.»Gott bewahr! Kein Mensch net weit und breit! Hast halt mein Herzl ghört, weil's gar so gschlagen hat! Schau, Madl, laß dir sagen...« Und wieder streckte er die Arme.

Abwehrend hob sie die Hand. »Ja, Sepp... ich bin dir gut, und ich glaub dir auch, daß dein Leben für mich lassen tätest. Deine richtige Schneid, dein lustigs Gmüt und wie an deim alten Mutterl hängst, das hat mir gfallen. Und ich sag dir's auch gern, daß ich dich für ein von die Bsonderen halt, wo man suchen darf unter die Leut. Aber ... aber brav mußt sein... oder es müßt mich reuen, daß ich dich hab mitgehn lassen.«

»Aber Schatzl... geh... net einmal ein Bußl sollt ich kriegen?«

»Du! Ich hab dir das ander noch net vergessen!« drohte sie lächelnd. »Drum tu mich net harb machen und sei brav! Oder denkst vielleicht aus lauter Lieb net dran, daß 's in der Zeit schon auf Mittag gehn muß? Geh weiter, rühr dich ein bißl, trag Holz eini! Nacher zünd ich ein Feuer an und koch dir was auf!« Freundlich nickte sie ihm zu und wandte sich zum Herd.

Am Schnurrbart nagend, musterte Sepp das Mädel; dann verzog er spöttisch den Mund und verließ die Sennstube.

»Wenn den Gang hintergehst«, rief ihm Zäzil nach, »und zur hintern Tür aussi, da findst schon ein Holz!«

»Das weiß ich besser wie du!« brummte der Bursch, als er die Stubentür schon hinter sich geschlossen hatte. Und nun lachte er: »Brav soll ich sein! Wart nur, der Tag is noch lang! Aber no... kann ich grad nach meim Büchsl schauen, ob's net eingrostet is derweil.«

Er folgte dem schmalen Gang und öffnete die mit einem Holzriegel verschlossene Pforte. Ein kleiner hofartiger Raum tat sich vor ihm auf; denn während die beiden Ecken des Blockhauses sich hart an die steile Felswand lehnten, zog sich das Gestein der Türe gegenüber halbkreisförmig zurück. Ein Stück des blauen Himmels leuchtete über den unfreundlichen Raum hernieder, der zur Hälfte mit Scheitholz und zerhackten Föhrenästen angefüllt war. Am Fuß der vertieften Felswand zeigte sich noch eine dunkle Höhle, deren Bohlentüre jetzt offen stand und die zur heißen Sommerszeit als Milch- und Vorratskammer gedient hatte.

Der Bursche schien es mit dem Holzbringen nicht sehr eilig zu haben. Er kauerte sich in einer Ecke auf die Erde nieder und warf die schräg aufgebauten Scheite auseinander, als suche er etwas, das unter ihnen verborgen lag. Bei dem Gerappel des Holzes überhörte er die schweren Schritte, die draußen vor der Schwelle und dann im Flur sich vernehmen ließen. Martl hatte die Hütte betreten. Sein Gesicht glühte, und heiß ging sein Atem. Er lehnte den Bergstock an die Wand, lüftete den Hut und strich mit dem Ärmel über die nasse Stirn. Noch einen Augenblick zögerte er, dann griff er entschlossen nach der Türklinke und trat in die Sennstube.

»Schnell bist wieder da«, sagte Zäzil, mit dem Säubern des Herdes beschäftigt, »leg nur 's Holz daher!« Doch als sie keine Antwort hörte, guckte sie sich verwundert um. Im ersten Schreck erblaßte sie, als sie den unvermuteten und unwillkommenen Gast an der Tür stehen sah; doch unter dem ernsten, fast traurigen Blick, der sie aus Martls Augen traf, stieg ihr jäh wieder das Blut in die Wangen. Was hatte sie nur getan, daß sie erröten mußte? Nicht das geringste! Am allerwenigsten etwas, worüber sie sich vor dem da verantworten müßte. Zornig blitzten ihre Augen. Und ehe Martl noch das erste Wort fand, rief sie ihm mit scharfer Stimme zu: »Mir scheint, du hast dich verlaufen, oder... was willst?«

Martl rückte den Hut. »Nix für ungut... bloß fragen möcht ich, wo mein Holzknecht is, der Sepp?«

»Siehst es ja... daherin is er net!«

»Leicht aber weißt, wo er z' finden is?«

»Kannst ihn ja selber suchen, hast ja Augen im Kopf!« Dabei drehte sie ihm den Rücken, trat in die Kammer hinaus und schlug die Türe zu.

Martl stand mit bleichem Gesicht. Dann nickte er, drückte den Hut übers Haar und verließ die Stube.

Inzwischen hatte Sepp gefunden, was er suchte: einen kurzläufigen, plump gearbeiteten Stutzen, der unter dem Holze verborgen gelegen. Die Sorge, daß sein ›Büchsl‹ verrostet sein könnte, erwies sich als grundlos; alles Eisen an der Waffe war spiegelblank; nur das Zündhütchen, das auf dem Kegel des geladenen Gewehres saß, hatte sich mit Grünspan überzogen. Sepp spannte den Hahn, um die Federkraft des Schlosses zu prüfen. Schon wollte er, mit dem Finger am Drücker, den Hahn wieder in die Rast niederlassen, als er hinter sich die Türe gehen hörte. Erschrocken drehte er den Kopf und machte scheue Augen.

Martl trat aus der Hütte; er schwieg; doch wie Pfeile bohrten sich seine Blicke in das Gesicht des Burschen.

»Jetzt da schau... der Bauer!« stotterte Sepp verlegen. »Grüß dich Gott... und mußt mir's net verübeln...« Da sah er, daß Martls Augen an dem Gewehre hingen. »Ja, da schau, was ich grad gfunden hab! Holz hätt ich tragen sollen, und wie ich d' Scheiter so auf nimm, hab ich das Büchsl drunter gfunden.«

»Für dich is leicht zum finden, was selber versteckt hast.«

»Oho, Bauer!« brauste der Bursche auf. »Wann mich schelten magst, weil ich von der Arbeit weg bin... meinetwegen! Da leg deiner Gall kein Beißkorb an. Im übrigen aber ...«

»Im übrigen wirst noch hören, was ich mit dir zum reden hab!« fiel Martl mit stahlhart klingender Stimme ein. »Jetzt aber sag ich dir, Knecht... das Gewehr gib her!«

»Oeha! Langsam, langsam!«

»Her damit! Hast es ja gfunden... leicht weiß der Förster, wem's ghört!« Und mit hastigem Griffe faßte Martl das Rohr der Büchse.

»Auslassen, sag ich... auslassen!« keuchte Sepp. Mit zornigem Ruck wollte er seine Waffe befreien, vergaß dabei, daß der Hahn noch immer gespannt war, vergaß, daß seine Hand unter dem Bügel lag – und krachend fuhr der Schuß empor in die Luft.

Mit dumpfem Hall rollte das Echo des Schusses über die Kette der Berge hin. Noch aber war das Grollen der erschütterten Luft in der Ferne nicht verklungen, als hoch über den beiden, die in dem engen Raum standen, ein Knirschen und Rieseln sich hören ließ, ein Knattern und Sausen, das von Sekunde zu Sekunde sich verstärkte und zu schmetterndem Donner anwuchs.

Die Gesichter der beiden Männer wurden weiß wie Kalk, sie starrten sich in die Augen, sie verstanden, was über ihnen tobte, zu gleicher Zeit öffneten sie die Hände, klirrend schlug die Büchse auf die Steine nieder, und die beiden stürzten durch den schmalen Gang davon, Sepp der Türe zu, die ins Freie führte, Martl in die Sennstube.

»Zäzil!« gellte es mit verzweifeltem Schrei von seinen Lippen. Und da kam sie ihm schon entgegengetaumelt, totenblaß, mit angstvollen Augen, und stammelte: »Jesus Maria... Martl, was is? Ein Schuß hab ich ghört... und ...«

»Um Gotts willen, komm ... fort, fort!« schrie er mit erstickter Stimme. Er haschte ihren Arm, er riß sie mit sich der Tür zu – doch ehe sie den Gang noch erreichten, durchfuhr ein Krach das Haus, als stürze der Himmel über ihnen ein. »Aus is's, Madl, aus und gar!« stöhnte Martl. Und als möchte er Zäzil mit dem eigenen Körper gegen das niederbrechende Verderben decken, so riß er sie mit beiden Armen an sich – und sie hing an seinem Hals und vergrub das Gesicht an seiner Brust, als wäre hier, zwischen Graus und Tod, noch eine sichere Heimat. Und rings um die beiden fiel es nieder mit Schmettern und Dröhnen, ein dumpfes Klatschen ging über das Dach und um die Wände, man hörte Balken ächzen, brechen und stürzen, in allen Fugen wankte das Haus, das Licht entschwand, und tiefes Dunkel füllte die Stube.

Da atmete Martl auf. Denn als das Licht erloschen war, schien auch die Macht des entfesselten Dämons, des weißen Bergriesen, gebrochen zu sein. Nur ein dumpfes Rollen ließ sich noch vernehmen, ein leises Knirschen und sachtes Rieseln noch, dann herrschte Stille, Totenstille.

9

Sanft löste Martl die Arme des Mädchens von seinem Hals. »Der liebe Herrgott hat uns gholfen! Die Lahn liegt über der Hütten, aber d' Stuben, mein' ich, is noch ganz.« Da fühlte er, wie Zäzil wankte. »Jesus Maria, Madl, Madl, was is dir denn?« stammelte er. Keine Antwort. Schwer lag Zäzil in seinen Armen; sie mußte die Besinnung verloren haben. Ratlos starrte Martl in der Finsternis umher. Aber dort zur Linken, dort mußte die Fensterwand mit der Holzbank sein. Mit dem einen Arme stützte und trug er die Bewußtlose, mit dem anderen tastete er vor sich hin. Nun fühlte er die Wand, fühlte die Bank und ließ Zäzil darauf niedergleiten. Er saß an ihrer Seite und hielt ihren Kopf an seiner Brust. Wie eine Ewigkeit schien ihm das: bis sie sich wieder regte und sich aufrichtete unter schwerem Seufzer.

»Is dir besser?« fragte er leise.

»Ja... ein bißl... der Schrecken halt... aber komm, Martl, laß uns ein Vaterunser beten, der liebe Herrgott hat's verdient um uns, daß wir ihm ein Vergeltsgott sagen.«

Sie ließ sich niedersinken, Martl kniete neben ihr, und so beteten sie mit lauter Stimme. Als Zäzil das Amen sprach, stand Martl schon wieder auf den Füßen. Er half ihr, sich aufzurichten, und zog sie mit sanfter Gewalt auf die Bank zurück. »Komm, schau, da bleib sitzen! Und tu dich net fürchten, es kann uns nix mehr gschehen. Ein bißl Geduld mußt haben. Dein Vater wird ja wissen, daß heroben bist...«

»Mein Vater! Jesus! Und d' Mutter! Den Schrecken, den s' haben müssen wegen mir!« Sie brach in Tränen aus.

»Geh, tu dich net sorgen! Wenn dein Vater kommt, muß er ja gleich sehen, daß d' Hütten ausghalten hat. Und meine Holzknecht sind ja auch net weit... die sind gschwind bei der Hand und fangen zum schaufeln an! Freilich, eine Nacht und ein Tag kann's allweil dauern, bis d' Leut uns Luft schaffen... aber sag, hast denn ein bißl was für dich zum essen heroben... ich brauch ja nix, ich halt schon aus... aber du?«

»Ja, ich hab schon ein bißl was.«

»No schau, so fehlt ja gar nix mehr... da brauchst den Mut net verlieren. Aushalten müssen wir halt, wir zwei...«

»Wir zwei? Und...«

Er verstand die Frage, die sie nicht über die Lippen brachte. Doch bevor er noch ein Wort erwidern konnte rief sie:»Sag, Martl, sag!« Und ihre Stimme hatte einen Ton, der ihn erschreckte.»Vor's gschehen is, hab ich im Höfl hinten deine Stimm ghört und die seinig... Und ein Schuß hab ich ghört, sag, Martl, wer hat gschossen?«

Er hatte nicht das Herz, ihr die Wahrheit zu sagen, ihr mit der Wahrheit weh zu tun.»Wer gschossen hat? Ich weiß net! Der Schuß is über der Hütten draußen gfallen... ein Jager oder sonst wer ... ich kann's net sagen, wer gschossen hat. Und gleich auf'n Schuß ... natürlich, der Schnee is ja droben ghängt, daß ihn schon ein Juhschrei hätt ins Rutschen bringen müssen... gleich auf'n Schuß hab ich den Schnee schon kommen hören...«

»Und du bist eini in d' Stuben, zu mir... und der ander, der ist der Tür zu? Und aussi zur Hütten? Ich hab nix gsehen und hab nix ghört, aber ich gspür's in mir, es war net anders... gelt?«

»Mußt es ihm net verargen, Zäzil! Im Schrecken weiß einer net, was er tut... und... gwiß wahr, ich möcht's ihm wünschen, daß seine Füß schneller gwesen sind als wie der Schnee.«

Eine Weile war es still; dann hörte Martl ein dumpfes Schluchzen. Er legte die Hände auf Zäzils Schulter, die er zucken und zittern fühlte.»Ja, Madl, wein dich aus, da wird's dir leichter!«

Es währte lange, bis ihre Tränen versiegten. Martl nahm die Hand nicht von ihrer Schulter, und als er fühlte, daß sie aufstehen wollte, sagte er:»Bleib sitzen, Zäzil, geh, bleib sitzen! Mußt ja den Schreck noch spüren in alle Glieder. Tu dich nur ghörig ausrasten... ich schau mich derweil ein bißl um, was d' Hütten macht und wie alles steht.«

Er zog ein Schächtelchen aus der Tasche und entzündete ein Streichholz, dessen kleine Flamme nur einen matten Lichtschein in der Stube weckte. Einen zagenden Blick warf Martl auf seine stumme Kameradin, und es schnürte ihm das Herz zusammen, als er das liebe Gesicht so blaß und verstört sah, noch überronnen von Tränen. Das Flämmchen drohte zu erlöschen, Martls Augen suchten den Herd, und bevor es finster wurde, hatte er auf einem kleinen Brett an der Blockwand ein Bündel jener langen, dünnen Späne gewahrt, die zum Anschüren des Herdfeuers dienen. Rasch entzündete er ein neues Hölzchen, griff nach einem der Späne und brannte ihn an. Eine knisternde, rauchlose Flamme züngelte aus dem trockenen Holze.

Zäzil saß auf der Bank, die Hände im Schoß gefaltet, mit vorgestrecktem Gesichte, regungslos; nur in ihren weit geöffneten Augen war Leben; mit heißen Blicken folgten sie jeder Bewegung des jungen Mannes.

Martl hob den brennenden Span über dem Kopf empor und begann Umschau zu halten. Die Wände schienen unversehrt, wenn auch hier und dort an den Balken eine schmale Lücke klaffte. Auch waren am Fenster die Scheiben zertrümmert, und in dicken Klumpen hing der Schnee zwischen den Stangen des eisernen Gitters. Das alles sah nicht gefährlich aus. Als Martl aber zur Stubendecke blickte, erschrak er. Nur eine leise Bewegung zuckte über sein Gesicht; doch sie entging den Augen des Mädchens nicht. In atemloser Spannung verschärften sich ihre Züge, langsam hob sie den Kopf, und sie schien auf ein Wort von ihm zu warten. Martl aber schwieg und musterte aufmerksam die Decke, die quer durch die ganze Mitte eine starke Senkung zeigte. Die Bretterverschalung war verschoben und gesprengt, und nahe bei der Tür war ein breiter Spalt, durch den zuweilen ein sandfeiner Schnee in dünnen Fäden niederrieselte. Martl entzündete einen neuen Span und untersuchte die zwei niederen Türen, die zu den beiden Kammern führten. Keine dieser Türen war zu öffnen, so energisch sich Martl auch gegen die Bretter stemmte. Entweder waren die Balken zu gewaltsam zusammengepreßt, daß sie die Türen nicht mehr aus ihren Fugen ließen, oder da draußen war das Dach zerschmettert und der Innenraum der Kammern von Gebälk, Felsbrocken und Schnee verschüttet.

»Macht nix! Wir haben ja nix z'schaffen in der Kammer!« sagte Martl. »Gott sei Dank, die Stuben is noch gut beieinander... da brauchst kein Sorg net haben! Grad schauen will ich noch, wie's im

Hüttengang steht.« Ruhig und ermutigend klang seine Stimme; doch als er der Türe zuschritt, streiften seine Augen wieder mit einem besorgten Blick die knisternde Decke.

Er trat über die Schwelle und hob den brennenden Span. »Da schaut's freilich net zum besten aus!« murmelte er. Die ganze rückwärtige Hälfte des Ganges lag eingestürzt und verschüttet; ein mächtiger Felsblock hatte das Dach durchschlagen und hing nun zwischen den auseinandergekeilten Wänden, zersplitterte Schindeln lagen um ihn her, und grauer, mit Schutt durchsetzter Schnee hielt die Lücke verschlossen, die der stürzende Block durch Dach und Decke gerissen hatte. Auch die ins Freie führende Türe lag vom Schnee verschüttet, der weit in den Gang hereingequollen war. Als Martl diesen schräg verlaufenden Schneewall überblickte, fuhr ihm jäh ein Laut des Entsetzens aus der Kehle.

»Jesus Maria! Martl!« schrie Zäzil auf, und da stand sie auch schon an seiner Seite.

»Da schau! Da!« stammelte er und deutete auf den vom flackernden Spanlicht trüb erleuchteten Schnee, aus dem eine Menschenhand hervorragte, deren Finger sich zuckend bewegten.

Zäzil wankte; Martl aber drückte ihr den brennenden Span in die Hand, warf sich auf die Knie und begann mit beiden Händen im Schnee zu wühlen. Es kam der ganze Arm zum Vorschein, ein Kopf, zwei Schultern – da drohte der Span zu erlöschen, Zäzil mußte in die Stube zurückeilen, um einen neuen zu holen, und als sie taumelnd wieder über die Schwelle trat, hielt Martl die Brust des Verschütteten, der in lallenden Worten sprach, schon mit beiden Armen umschlungen und zog ihn vollends hervor aus dem Schnee, der ihn nur widerwillig lassen wollte.

Sepp hatte nicht die Kraft, sich aufzurichten, und so trug ihn Martl, als wäre für seine Arme das Gewicht dieses langen Menschen kaum eine fühlbare Last, in die Sennstube, legte ihn achtsam auf die Dielen nieder, riß die eigene Joppe herunter, bauschte sie zusammen und schob sie unter den Kopf des Knechtes, der jetzt erst das Bewußtsein verlor.

Auch Zäzil vermochte sich nicht mehr auf den Füßen zu halten. Sie mußte sich auf die Bank niederlassen, mußte die zitternde Hand mit dem Spanlicht auf das Tischchen legen, und so saß sie schweigend, mit verstörtem, blutleerem Gesicht und starrte auf die Gruppe zu ihren Füßen nieder. Und manchmal schloß sie die Augen, als wäre sie einer Ohnmacht nahe.

Martl allein fühlte kein Schwinden seiner Kräfte, verlor keinen Augenblick die sichere Besonnenheit. Er hatte dem Knecht die Joppe geöffnet und am aufgequollenen Halse den Hemdkragen entzwei gerissen. Und mit Schnee, den er geholt hatte, rieb er nun dem Bewußtlosen die Brust und das Gesicht. Der Schweiß troff ihm von der Stirn, sein Atem flog bei dieser ruhelosen Mühe – und endlich stammelte er:»Da, Zäzil, schau... er rührt sich schon, er kommt schon zu ihm selber.«

Zäzil aber regte sich nicht; wie versteinert saß sie auf der Bank.

Da versuchte Sepp den Kopf zu heben. Mit glasigen Augen blickte er um sich und lallte:»Teufel noch einmal ... Teufel, eine schöne Metten!«

Martl furchte die Brauen; aber er schlang den Arm um die Schultern des Burschen und sagte ruhig:»Komm, schau, leicht kannst dich schon ein bißl aufheben! So, schau, es geht ja! Und da komm her, da, zum Herd! So, und jetzt setz dich nieder und lehn dich fest gegen d' Wand... da hast du den besten Sitz.«

Zäzil ließ den Span fallen, der bis auf ihre Finger niedergebrannt war. Das kleine Flämmchen zuckte noch einmal auf, dann erlosch es, und Finsternis füllte die Stube.

»Was is denn? Is denn schon Nacht? Und... wo bin ich denn?« lallte Sepp.

»In der Hütten... und d' Hütten is verschütt!« erwiderte Martl, der sich an der Seite des Knechtes auf den Herdrand niedergelassen hatte.

»Aber... so zündts doch ein Spanlicht an! ... Man sieht ja d' Hand net vor die Augen.«

»Jetzt mußt schon eine Weil aushalten im Finstern. Wir müssen sparen mit die Span, kann ja keiner von uns net sagen, wie lang wir aushalten müssen unter der Lahn.«

»Eine schöne Metten... ja... das muß ich sagen! Kreuzteufel... und schier kein Rührer kann ich machen. Alles am Leib is mir wie zerschlagen. Es hat mich aber auch hingeworfen, wie wann ich ein Haubenstock war! Kaum daß ich draußen war zur Hütten, da hat's auch schon links und rechts von mir den Schnee und d' Steiner abi gfeuert. Und ich hab mir sagen müssen, daß auf meine Füß jetzt kein Verlaß nimmer is. Da hab ich umgeschlagen wie der Wind, bin wieder auf d' Hütten zu... wie ich eini will zur Tür, da hat's mich von hinten packt, hat mich hergworfen über d' Staffeln, und so bin ich glegen, Schnee um und um, und schier kein Schnaufer nimmer hab ich gfunden. Aber... was is denn... wie war's denn herin in der Hütten? Madl? Wo bist denn, Madl? Wird dir doch nix gschehen sein?«

»Sorg dich net!« klang Zäzils Stimme. »Und es war mir lieber gwesen, wenn statt deiner Frag ein Vergeltsgott für den ghabt hättst, der dir aus'm Schnee gholfen hat.«

»Aber geh«, zürnte Martl, »was sich von selber versteht, dafür verlangt ja doch kein Mensch ein Dank.«

»No ja... natürlich... Vergeltsgott halt!« murrte Sepp. »Aber sagen muß ich's deswegen doch, daß kein anderer am ganzen Unglück schuld is als wie der Bauer...«

»Sepp!« fuhr das Mädchen mit gereizter Stimme auf. Und Martl fiel begütigend ein: »Geh, verarg's ihm net, leicht weiß er noch gar net, was er redt!«

»O ja! Was ich red, das weiß ich noch allweil. Hat dich mein Büchsl leicht was angangen? Und wenn auch mein Holzherr bist, so hast noch lang kein Recht, daß mir mein Stutzen abforderst. Und hättst deine Hand davon lassen, so wär's mir net passiert, daß der Schuß...«

Sepp verstummte, denn an seinem Arm fühlte er den eisernen Griff einer Faust; und er hörte eine Stimme, so leise, daß nur sein Ohr allein sie vernehmen konnte: »Red net weiter, du... und wenn schon dir selber z'lieb net schweigen kannst, so schweig der Wabi z'lieb.«

Zäzil saß auf der Bank und drückte die Hand an ihre Stirn. Träumte sie, oder waren ihre Gedanken verwirrt? Sie hatte nicht begriffen, was der Bursche gesprochen – und nun verstand sie dieses Schweigen nicht.

Da hörte sie ein häßliches Lachen. Es kam vom Herde her. Aber so konnte Martl nicht lachen! Das mußte der andere sein.

Dann wieder war es still. Nur ein mattes Knistern, das aus den Wänden oder von der Decke zu kommen schien, unterbrach zuweilen das dumpfe Schweigen, das in der Stube herrschte. Wie lange diese Stille währte, eine Stunde oder länger, sie alle wußten es nicht; erschien ihnen doch jede Minute wie eine Ewigkeit.

Sepp war es, der zuerst wieder sprach. »Eine Kälten hat's, schier net zum aushalten«, murrte er, »frieren tut's mich wie ein Hund, und völlig schauern muß ich jeden Augenblick. So zündt's doch ein Feuer an! Und wenn kein Holz net herin is, so schlagts ein Kastl zamm oder d' Stubentür!«

»Nix da! Ich kann dir net helfen!« fiel Martl mit hart klingender Stimme ein. »Ein Feuer darf net gmacht werden. Über der ganzen Hütten muß der Schnee liegen, da hätt der Rauch kein Abzug net. Und 's Feuer zehrt von der guten Luft. Die paar Spanlichter, die schaden nix, aber ein Feuer am Herd, das möcht keine halbe Stund net dauern, so müßt's verlöschen, weil's kein Brennluft nimmer hat.« Er wollte Zäzil nicht erschrecken, und so verschwieg er ein anderes Bedenken, das für seine ruhige Überlegung noch weit schwerer wog. Die Hitze des Feuers hätte die Decke erwärmt und den darüber liegenden Schnee zum Schmelzen gebracht; es hätten sich Höhlungen gebildet, die oberen Schneemassen mußten nachrutschen und dann um so wuchtiger auf die ohnehin gefährdete Decke drücken.

Da hörte Martl, daß Zäzil sich von der Bank erhoben hatte. Sie tastete sich an der Wand entlang zu einem Kasten, auf dem sie, wie sie sich erinnerte, eine wollene Decke hatte liegen sehen. Diese Decke warf sie dem Burschen zu. »Da kannst dich einwickeln!« Dann nahm sie ihren Platz auf der Bank wieder ein, und in der Stube herrschte das alte, drückende Schweigen, das nur Sepp zuweilen störte, wenn er eine bequemere Lage einzunehmen suchte und sich enger in die Decke wickelte. Auch die Mäuse schienen sich manchmal zu rühren; man meinte sie am Holze nagen und über die Dielen trippeln zu hören. Zäzil schauerte zusammen, so oft sie dieses Geräusch vernahm. Aber das waren keine Mäuse – es war das müde Knirschen des Gebälks, es war das leise Rieseln des Schnees, der durch die Lücke an der Decke niederrann auf den Boden.

Nun plötzlich ging ein gedehntes Ächzen durch die Stube, und ein dumpfer Klatsch ließ sich vernehmen. Mit stammelndem Laut fuhr Zäzil auf, Sepp fluchte und wickelte sich aus der Decke; nur Martl schwieg. Hastig zündete er ein Streichholz an und steckte einen langen Span in Brand. Er hob das brennende Holz, und da starrten sie alle drei zur Decke hinauf, die sich um ein merkliches Stück gesenkt hatte. Eines der Bretter hing losgerissen in die Stube nieder, und durch die stark erweiterte Lücke war ein dicker Schneeklumpen niedergefallen auf die Dielen.

Angstvoll hingen Zäzils Augen an Martls Lippen. Doch ehe der junge Bauer redete, kreischte Sepp:»Höll, Teufel, da is ja kein Bleiben nimmer in der Stuben! Die Decken kann ja einfallen mit jeder Minuten! Da muß was gschehen, sag ich... was gschehen! Wir müssen's probieren, ob wir uns net aussidrucken können! Gar so tief kann er net liegen, der Schnee. Mach weiter, Bauer, mach weiter! Ich freilich, ich kann mich ja schier net rühren... aber du! Du bist ja frisch und gsund! Mach weiter, sag ich! Mach weiter!«

Martl streifte den Burschen mit einem kurzen Blick; und forschend spähte er wieder hinauf zur Decke. Da faßte Zäzil seinen Arm. Halb erschrocken und halb verwundert blickte Martl in ihr verwandeltes Gesicht. Ihre Augen funkelten, ihre Wangen glühten vor Zorn, und schneidende Schärfe war in der Stimme, mit der sie rief:»He, Martl, hörst es denn net? So rühr dich doch, so schaff ihm doch Luft, deim Knecht! Er kann sich ja net helfen in der Angst! Aber du bist ja da! Du bist ja frisch und gsund! Du hast ja noch nix z' leiden gehabt unter der Lahn, bist ja grad erst aufgestanden vom Schlaf!«

Jähe Röte flog über Martls Gesicht. Freundlich sah er das Mädel an. Dann schüttelte er den Kopf.»Darfst es glauben, daß ich den Ausweg, den er meint, schon lang versucht hätt, wenn davon was z' hoffen wär. Aber der Schnee könnt 's Graben von unten net derleiden. Und wenn so ein Brocken 's Rutschen anfangt, kann alles über ihm wieder ins Rühren kommen... und so ein Ruck möcht d' Hütten nimmer aushalten.«

»So? So? Natürlich weißt du alles, du Allerweltsgscheiter!« kreischte Sepp. »Aber meinst, wegen deiner Gscheitheit laß ich mich daherin von die Balken zammdrucken? Tu, was d' willst! Ich schau, daß ich aussikomm durch'n Schnee, und wenn ich mir d' Nägel von die Finger kratzen muß.« Er sprang zur Türe.

Aber Martl vertrat ihm den Weg. »Da bleibst, sag ich, und mit keiner Hand net rührst mir an den Schnee! Du bist net allein in der Hütten, und solang ich noch frisch und gsund bin, will ichs wehren, daß du in deiner narrischen Angst neben deim eigenen Leben noch ein anders in Gfahr bringst!«

»Oho du! Wenn eim 's letzte Stündl überm Kopf hängt, da hats ein End mit Herr und Knecht, da bin ich mir grad so viel wie du. Und drum möcht ich grad sehen, ob ich mich nimmer wehren dürft um mein Leben!« Mit grobem Stoß versuchte der Bursche den Weg zur Tür freizumachen.

Martl aber, der in der Rechten das Spanlicht hielt, packte ihn mit der linken Faust an der Brust und schleuderte ihn so wuchtig von sich, daß Sepp zurücktaumelte bis an den Herd. »So, bleib nur gleich sitzen da!« meinte Martl. »Und laß deine Fuß rasten. Hast ja gmerkt, daß dir 's Stehen noch ein bißl hart ankommt.«

»No also, meintwegen«, keifte Sepp mit widerwärtigem Gelächter, »wenn mich der Teufel schon holen muß, kann's mich ja trösten, daß er mich net allein holt.« Er kauerte sich in den Herdwinkel und zog die wollene Decke über seinen Körper.

Martl überhörte diese Worte. Er wandte sich an Zäzil, die in zitternder Erregung an seiner Seite stand. »Komm, Zäzil, tu mir du 's Licht halten! Und wenn der Span verlöschen will, so zünd ein frischen an! Ich will derweil schauen, was zum machen is. Und laß dich net anstecken von seiner Angst, es ist noch allweil nix zum fürchten.«

»Na, Martl, ich fürcht mich auch net!« sagte sie, und wie ein Lächeln ging es über ihre blassen Züge. Sie holte den Rest der Späne zum Tischchen, ließ sich ruhig nieder und behütete die kleine Flamme, daß sie immer hell und gleichmäßig brannte. Und ein stiller Glanz verschönte ihre Augen, so oft sie den Blick über das züngelnde Flämmchen hinweg auf Martl richtete, der sich schweigend an die Arbeit machte. Er kniete vor dem Herde nieder und löste vom Rande der Feuerstatt die lockeren Ziegel; mit seinem Messer zersprengte er den Mörtel, um weitere Steine zu gewinnen. Unter dem Brette, das losgerissen von der gesenkten Decke hing, schichtete er die Ziegel auf dem Boden zu einem Sockel, und damit sie unter dem Drucke des Pfostens, der auf ihnen ruhen sollte, nicht auseinanderfallen möchten, zwängte er den mächtigen, aus dickem Kupferblech zusammengelöteten Käsekessel als feste Kappe über die aufgebauten Steine. Den runden Boden des Kessels drückte und quetschte er so lange mit den Knien, bis das Blech eben wurde und nicht mehr hohl erklang. Dann währte es geraume Weile, bis es ihm gelang, den schweren, tief in den Boden eingesetzten Pfosten, der den Kessel getragen hatte, zu lockern und hervorzuziehen. Mit Zäzils Bergstock maß er die Länge des Balkens, dann die Höhe vom Kessel bis zur Decke, und er atmete erleichtert auf, als die beiden Maße stimmten. Mit dem Bergstock, dessen Stachel er schräg in die Holzwand bohrte, stemmte er das von der Decke niederhängende Brett, damit er es mit dem Pfosten leichter unterfangen konnte, langsam in die alte Lage zurück. Nun hob er die in den Gang führende Tür aus den Angeln, legte sie in ihrer Mitte quer über den stehenden Balken und preßte ihn mit der schwebenden Platte langsam gegen die Decke. Gleich einem großen Riegel legte sich die flache Tür unter die gesenkte Decke, vor den drohenden, schneerieselnden Spalt und unter die zersprengten Bretter der Verschalung. Und nun schob und drückte Martl mit aller Wucht das untere Ende des Balkens über den knirschenden Kessel. Es strafften sich alle Muskeln seines schlanken Körpers, von der gewaltsamen Anstrengung färbte sich sein Gesicht mit dunkler Röte, und an seinem Halse schwollen die Adern zu dicken Striemen. Aber was er wollte, gelang ihm – als feste Stütze saß der Balken zwischen Decke und Kessel. Tief atmend richtete sich Martl auf, wischte mit dem Ärmel den Schweiß von der Stirn und betrachtete prüfend sein Werk.

Mit spottenden Worten hatte Sepp die Arbeit Martls begleitet. Doch als er merkte, wie wenig sich Martl von diesem Spott beirren ließ und wie wenig Zäzil, die nur Augen für Martl und für das flackernde Spanlicht hatte, auf diese bissigen Reden hörte, war er schließlich verstummt und hatte sich gähnend in seine Wolldecke gewickelt. So lag er nun schon geraume Zeit und rührte sich nicht.

Martl hatte sich im stillen eingestanden, daß Sepp mit seinen spottenden Worten nicht ganz im Unrecht war; denn wenn die Schneemassen dort oben in Bewegung kämen, würden sie den stützenden Balken knicken wie einen Strohhalm; das wußte Martl. Und seine ganze Mühe hatte nur den einen Zweck, die langsam rinnenden Stunden mit Arbeit auszufüllen – und Zäzil zu beruhigen. Und diese Hoffnung sah er erfüllt, als er sich nun, nach vollbrachtem Werke, zu dem Mädel wandte, das mit feuchten, dankbaren Augen zu ihm aufblickte.

Er klopfte mit der flachen Hand an den Balken und sagte:»So, Nachbarin! Der halt schon ein bißl was aus! Und ohne Sorgen kannst drauf warten, bis deine Leut und meine Knecht ein Weg zur Hütten graben.«

Zäzil erwiderte keine Silbe. Ihre Augen aber sprachen beredter, als ihre Lippen es vermocht hätten. Aus diesem Blick schien auch auf Martl eine warme, behagliche Stimmung überzugehen. Er griff nach seiner Joppe, die noch immer auf der Erde lag, zog daraus seine kleine Pfeife hervor, die er gestopft von Hause mitgenommen, und setzte sich an die andere Seite des Tischchens. Mit einigen Zügen versuchte er, ob die Füllung der Pfeife auch Luft hätte – doch hastig legte er sie wieder beiseite.

»Weswegen rauchst du denn net?« fragte Zäzil, die ihm schon den brennenden Span geboten hatte.

»Mein, ganz vergessen hab ich...« sagte er verlegen.»Ich bin's halt so gwohnt, daß ich nach der Arbeit mein Pfeifl anzünd. Aber ich werd doch jetzt net rauchen... und da herin!«

»Aber gwiß, Martl, gwiß! Der Pfeifenrauch schadt ja nix, ich kann ihn auch ganz gut verleiden. Der Vater dampft ja oft die ganze Stuben voll. Geh, Martl, zünd dein Pfeifl an! Hast es verdient.«

»Na, na, Madl... schau... es muß ja net sein!«

Sie drängte nicht weiter, sondern kurz entschlossen griff sie nach der Pfeife, schob die Beinspitze zwischen die Lippen, hielt den brennenden Span über den kleinen Porzellankopf und zog. Sie mußte husten – aber sie zog und paffte – und dann reichte sie ihm die qualmende Pfeife.»So, Martl, wann mich jetzt net beleidigen willst, so mußt dein Pfeifl rauchen.«

Lächelnd griff er zu – es war das erste Lächeln, das sie an ihm sah. Und es paßte gut zu seinem freundlichen Gesicht! Er kreuzte die Arme, schmauchte und blickte ruhig vor sich hin.

Zäzil entzündete einen frischen langen Span, steckte ihn in die Klunse der Blockwand und lehnte sich behaglich zurück. Auch sie guckte unter sinnenden Gedanken ziellos in die von dem zuckenden Flämmchen dämmerig erhellte Stube. Und was sie dachte, machte ihre Wangen glühen, daß sie die Kälte nicht spürte, die mehr und mehr durch die vom Schnee umlagerten Balken drang. Manchmal hob sie die Augen und streifte mit heimlichem Blick ihren stillen Tischgesellen. Dann wieder versank sie in ihre Träume. Sie saß am Tische und Martl ihr gegenüber, sein Pfeifchen schmauchend – dieses wirkliche Bild sah sie auch in ihrem Traum. Aber alles ringsumher war völlig anders: nicht die halb zerstörte Hütte, sondern die liebe gemütliche Stube auf der Pfroint. Vor den Fenstern lag die stille Winternacht mit ihren tausend funkelnden Sternen und ihrem glitzernden Schnee; und in der Stube leuchtete die kleine Lampe, und der mächtige Kachelofen strahlte eine sanfte Wärme aus. Zäzil hatte fleißig geschafft den ganzen Tag; nun war sie müde und sehnte sich nach Schlaf. Aber sie mußte ja auf den Martl warten, dessen Pfeiflein noch immer brannte. Und sie geduldete sich gern – es konnte ja so lange nicht mehr dauern, bis er die Pfeife in die Fensternische hängen und sagen würde:»Geh, Mutterl, komm, 's is Schlafenszeit!« Mutterl – das hatte Martl vom Pfrointner angenommen, der seine Bäuerin in guter Laune so zu rufen liebte. Und nun wartete Zäzil – immer wartete sie auf dieses kleine, liebe Wort. Warum es nur der junge Bauer heute nicht sagen wollte? Oder war Martl am Ende gar über dem Schmauchen eingenickt? Wahrhaftig, er schnarchte!

Aber das war ja nicht mehr Traum! Zäzil hörte dieses Schnarchen wirklich – es kam aus dem Herdwinkel – und als sie mit zerstreutem Blick zu Martl aufschaute, flüsterte er über den Tisch herüber: »Was sagst ... jetzt kann der schlafen?«

»Weswegen denn net? Is ja einer da, der für alle wacht!«

Da rührte sich Sepp. Man hörte ihn gähnen, er warf sich unter der Wolldecke hin und her, nun richtete er sich auf und starrte, auf die rückwärts gestemmten Arme gestützt, mit weit aufgerissenen Augen umher.»Was is denn? Wie steht denn alles? Und wie weit is denn mit der Zeit? Es muß ja d' Nacht schon lang vorbei sein! Aber mit'm Kaffee, freilich, da wird's schlecht ausschauen da heroben. Und mich hungert's, daß alles kracht in mir!«

Zäzil erhob sich, löste das kleine Bündel von der Kraxe und warf es dem Burschen in den Schoß.»Da hast was zum essen ... kannst alles bhalten. Wir zwei, Martl, gelt, wir halten's schon so noch aus?«

Sie hatte noch nicht ausgesprochen, da ging ein leises Zittern durch die Wände. Martls erster Blick flog zur Decke; dort oben war alles unverändert, nichts rührte sich an den Brettern; aber das Zittern der Wände wiederholte sich, und ein dumpfes, wie aus weiter Ferne klingendes Geräusch ließ sich vernehmen.

»Zäzil? Hörst es?« stammelte Martl.»Deine Leut und meine Knecht sind da ... sie graben schon!«

In jäh aufwallender Freude schlug Zäzil die Hände vors Gesicht und brach in Schluchzen aus. Sepp aber sprang auf, warf die Decke in einen Winkel und schrie mit gellender Stimme:»Hoho! Leut! Da! Hoho! Leut! Hoho!«

Zornig faßte ihn Martl an der Schulter.»Was hast denn! Bist denn narrisch worden?«

»No ja, d'Leut müssen doch wissen, daß alles gut steht in der Hütten... müssen doch wissen, daß alles noch am Leben is!« Und von neuem begann der Bursche sein Geschrei.

Mit hartem Lachen wandte sich Martl von ihm ab, ging auf Zäzil zu und zog ihr sanft die Hände vom Gesicht.»Jetzt heißt's, den Kopf in der Höh und die Augen offen halten!«

Wieder zitterte das ganze Haus, und ein dumpfes Knirschen ließ sich vernehmen. Als Martls Augen zur Decke flogen, erblaßte er. Die Türplatte hatte sich verschoben, der Pfosten hatte sich gerührt und stand nicht mehr gerade. Mit banger Sorge dämmerte in ihm die Befürchtung auf, daß die draußen arbeitenden Leute beim Ausgraben des Schnees die richtige Stelle verfehlt und den Schacht um ein Dutzend Schritte zu hoch begonnen hätten, so daß sie beim Weitergraben statt auf die äußere Tür auf das zertrümmerte Hüttendach und auf die schwer bedrohte Decke der Sennstube stoßen mußten. Und was er fürchtete, fand er auch gleich durch die niederdringenden Geräusche bestätigt, die sich immer deutlicher vernehmen ließen. Man unterschied bereits die schreienden Stimmen der Leute, dumpf hörte man jeden Pickelschlag, das Stampfen der Füße und das Kollern der aus dem Schachte geworfenen Felsbrocken. Und immer wieder zitterten die Wände, immer häufiger knirschte und ächzte die Decke.

Da reckte sich Martl auf wie ein Ringkämpfer vor dem Angriff. Er wußte, daß die Gefahr, die seit dem Sturz der Lawine über ihren Köpfen gedroht hatte durch all die langen Stunden, nun erst lebendig wurde. Was dort oben sich rührte, es konnte die Rettung sein, aber auch das Ende. Martls Blicke flogen durch die Stube. Er suchte die Stelle, die am wenigsten gefährdet war, wenn die Decke ins Stürzen kam und den Stubenraum mit Balkentrümmern, Schnee und Steinen füllte. Prüfend hingen seine Augen an der starken Blockwand, die den Gang von der Stube trennte, an der Türöffnung, deren Rahmen aus plumpen, schweren Pfosten gefügt war. Hierher trug er den niederen Herdschemel und stellte ihn über die Schwelle. »Komm, Zäzil, da setz dich her!« Wortlos tat sie, was er verlangte. »Und du, Sepp, wenn ich dir im guten raten darf, so laß dein Umrennen und dein Schreien sein und stell dich neben 's Madel her!« Es klang ein so tiefer Ernst aus seiner bebenden Stimme, daß der Bursch erschrocken zu ihm aufschaute und dann schweigend den Platz einnahm, der ihm angewiesen war.

Martl entzündete einen frischen Span – es war der letzte. »Da, Zäzil, nimm du 's Licht... auf dich kann ich mich verlassen.« Mit seinem Messer sprengte er ein langes Scheit von der Holzbank, und zerschnitt es hastig zu dünnen Spänen, die er dem Mädel in den Schoß legte. »Gelt, Zäzil, tu mir folgen! Laß 's Licht kein Augenblick net ausgehn... und was auch gschehen mag, rühr dich net vom Fleck, tu kein Schritt in Gang aussi und kein in d' Stuben eini!«

Mit feuchten Augen blickte sie zu ihm auf. Der Klang seiner Stimme ging ihr ins Herz, aus dem Klang dieser Stimme fühlte sie die quälende Sorge heraus, die ihn um sie bewegte, um sie allein! Sie merkte ihm an, daß er gerne noch was gesagt hätte, etwas, das aus seinem Herzen empordrängte auf die Lippen. Aber sein Blick streifte den Burschen unter der Tür, und er schwieg. Da richtete auch Zäzil die Augen auf Sepp; sie hob den brennenden Span, als möchte sie das Gesicht des Burschen heller erleuchtet sehen, und ein bitteres Lächeln zuckte um ihren Mund, während sie leise vor sich hinraunte:»Ein Bsonderer!« Wie lange war es her, daß sie zu diesem Menschen gesagt hatte: ›Ja, Sepp, ich will's net leugnen, daß ich dir gut bin!‹ Was aber jetzt aus ihren Augen sprach, das sah sich an wie Haß. Nicht Haß – nein, Verachtung! Noch verstand sie ihn nicht ganz, diesen Heuchler, noch wußte sie nicht, weshalb er seine Maske so plötzlich hatte fallen lassen. Eines aber wußte sie: Diese stille, finstere Gefahr, die einen ganzen Mann erforderte, hatte ihr gezeigt, welcher von diesen beiden der ›Besondere‹ war. Daß Sepp im ersten Todesschreck völlig des Mädchens vergessen hatte, dem er eine Minute früher sein Leben und den letzten Blutstropfen verschworen, das konnte sie ihm verzeihen. Aber wie er sich gebärdet hatte in all den folgenden Stunden! – Als überkäme sie ein Gefühl des Ekels, so wandte sie das Gesicht von ihm, und mit diesem Blicke war für Zäzil das Leben dieser zwei vergangenen Tage abgeschlossen, und ein neues Leben nahm seinen Anfang in ihrem Herzen. Sie sah zu der knirschenden, zitternden Decke hinauf und schüttelte lachend den Kopf. Diese Balken durften nicht brechen und stürzen, wenn es einen gütigen Herrgott im Himmel gab! Sie mußte ja nun Zeit haben, Zeit für das neue Leben, das ihr leuchtend aufgegangen im Dunkel dieser schneeumlagerten Stube.

Ein Geräusch von splitterndem Holze ließ sie aufblicken. Sie sah, wie Martl den Klapptisch aus den hölzernen Angeln riß, die an der Blockwand befestigt waren. Und den beweglichen Fuß des Brettes brach er über dem Knie entzwei, so daß nur ein kurzer Stumpf an der Platte verblieb. Zäzil begriff nicht, was Martl damit bezweckte. Sie sah ihm fragend ins Gesicht, als er mit dem Brett an ihre Seite trat. Martl aber hatte jetzt keine Augen für Zäzil. Sein Blick hing unverwandt an der schwankenden Decke. Immer deutlicher ließ sich das dumpfe Poltern und Gestampf über dem Gebälk vernehmen, fast schon verständlich klangen die wirr durcheinanderschreienden Stimmen, und jetzt verstummte das Pochen und Kollern, eine einzelne Stimme überklang die andern, dann hörte man, von mehreren Stimmen zugleich, jenen eintönigen Ruf, den die Holzknechte beim Wälzen oder Heben einer schweren Last auszustoßen pflegen.

Immer größer wurden Martls Augen, seine Lippen klafften, in atemloser Spannung schienen seine Züge wie versteinert – wieder vernahm er jenen gezogenen Ruf – nun eine kreischende Stimme, ein wirres, angstvolles Geschrei, ein Poltern, Stürzen und Schmettern – die Wände bebten, es krachte die Decke, und splitternd flog der auf dem Kessel ruhende Pfosten gegen den Herd.

Schon aber hatte Martl mit der Linken Zäzils Arm ergriffen, und das Mädel mit seinem Körper deckend, schwang er die Tischplatte gleich einem Schilde über den Kopf empor. Und vor den beiden brach es nieder mit dröhnendem Geschmetter, ein tischhoher Felsblock stürzte mitten in die Stube – aber der die Decke stützende Pfosten hatte die Wucht des Falles gedämpft, so daß die niederbrechenden Balken den Halt über den Wänden nicht völlig verloren und gegen die Stube einen von Lücken durchrissenen Krater bildeten, den das nachstürzende Geröll und der nachrollende Schnee fast zur Hälfte füllten. Und hinter dem Schnee einher flutete das helle grelle Tageslicht in den halb verschütteten Raum.

Balkensplitter, Brettstücke und Felsbrocken waren gegen den Schild geflogen, den Martl zum Schutz erhoben hatte. Aber die Platte und Martls Arm, sie hatten standgehalten. Nun warf er das Brett beiseite und hob das an allen Gliedern zitternde Mädchen mit beiden Händen vom Schemel empor.

»Nachbarin! Schnauf aus! Alles is gut!« Ein lautes Gerappel machte ihn aufblicken, und ein müdes Lächeln glitt um seine Lippen. »Da schau, dem pressiert's aber, daß er aussikommt!« Er deutete dem Burschen nach, der sich an den hängenden Balken emporgeschwungen hatte, durch eine Lücke hinausschlüpfte auf den Schnee und mit katzenartiger Behendigkeit emporkletterte über Schutt und Balkentrümmer.

In der Höhe verstärkte sich das wirre Geschrei; doch neben dem aufwärts kletternden Burschen glitt eine schwere Mannsgestalt über den steilen Rand der Grube nieder. Es war der Pfrointner.

»Zäzil! Madl! Wo bist denn?«

»Vater... Vater... Vater....!« Und schluchzend streckte Zäzil die Hände.

Hastig erweiterte Martl eine der Lücken zwischen den Balken, hob das Mädel mit raschen Armen hinaus auf den liegenden Schutt und Schnee – der Pfrointner riß sein Kind an seine Brust, und von oben streckten sich den beiden ein Dutzend helfender Hände entgegen.

Stammelnde, lachende, weinende Menschen umringten Zäzil, als sie droben stand, befreit, über dem schiefen Dach der Lawine, die sich breit hinunterdehnte bis an den Waldsaum. Zäzil aber hörte keines der hundert Worte, die ihre Ohren umklangen, und hatte keinen Blick für die Gesichter, die sie umringten. Ihre Augen glitten an den Leuten vorüber zu einem wunderlichen Bild – dort drüben – das war der Holzersepp, und ihm zu Füßen lag ein schluchzendes Weibsbild, das seine Knie umklammert hielt – das war die Sennerin des Pfrointners – und der Bursche stieß das verstörte Geschöpf mit roher Faust von sich und rannte dem Waldsaum entgegen.

Nun verstand Zäzil – alles! Ein erleichternder Seufzer löste sich aus ihrer Brust, und ein Lächeln glitt um ihre blassen Lippen. »Martl! Wo is der Martl!« stammelte sie noch, dann griff sie mit beiden Händen an ihre Schläfe, und ohnmächtig sank sie ihrem Vater in die Arme.

10

Graue Dämmerung füllte schon die Stube des Pfrointnerhauses. Auf dem braunen großen Ledersofa lag Zäzil ausgestreckt. Ihr Kopf war in ein geblümtes Kissen versunken, ihre Haare waren gelöst, und ihre Hände ruhten in den Händen der alten Pfrointnerin, die vor dem Sofa auf einem niederen Schemel saß. Feine Röte war über Zäzils Wangen gehaucht, und mit zerstreutem Lächeln lauschte das Mädchen auf die sprudelnden Worte der Mutter, die lachend und weinend von allem Schreck erzählte, den sie durchlebt hatte, seit die Nachricht vom Sturz der Lawine ins Dorf gedrungen war.

Da öffnete sich die Tür, und der Pfrointner betrat die Stube. Zäzil richtete sich halb empor und nickte dem Vater zu.

»No also, du Frauenzimmer, du verruckts, wie is dir denn jetzt?« fragte der Alte mit Lachen.

»Besser, Vater, ich dank dir schön! Aber was ich fragen will: Is der Martl schon herunt?«

»Natürlich! Hab ihm grad guten Abend gsagt am Zaun!«

Zäzil ließ sich zurücksinken in das Kissen. Und als der Pfrointner zur Fensternische ging, um seine Pfeife zu holen, rief sie ihn mit leiser Stimme.

»Vater?«

Er kam, und zärtlich strich er mit der schwieligen Hand über Zäzils Stirn und Haare.»Was willst, mein Käferl?«

»Sag, Vater... möchtest mir ein rechten Gfallen tun?«

»Aber gwiß! Und wenn verlangst, daß ich meine schönste Kuh am Schwanz zum Dachfenster aussihängen soll... heut tu ich dir alles z'lieb!«

Die Pfrointnerin kicherte vergnügt; Zäzil aber faßte die Hand des Vaters und drückte sie an ihre glühende Wange.»Eine Botschaft hätt ich sagen z'lassen... ja... dem Martl. Und mir is, als könnt ich kein Ruh net finden in der Nacht, eh' ich's net vom Herzen hab, was ich ihm sagen muß! Weißt es noch, Vater... am Samstagabend ... was ich dir gsagt hab? Mir tät's noch allweil gfallen daheim ... und gar net pressieren tät's mir... ich könnt schon warten auf ein Bsondern!«

»Jetzt aber«, fiel der Pfrointner, in dem eine Ahnung aufzudämmern schien, mit kreuzfideler Stimme ein, »jetzt aber, scheint's mir, jetzt pressiert's dir gwaltig!«

»Ja, Vater!« lachte Zäzil unter Tränen, während die Pfrointnerin vor Freude die Hände über dem grauen Schopf zusammenschlug. »Denn in der Hütten unter der Lahn, da hab ich ihn ja gfunden, mein Bsondern! Und soll ich dir sagen, wie er heißt? Gar net weit brauchst laufen, wann mit ihm reden willst. Und schau, da tätst mir halt ein rechten Gfallen, wann ihm sagen möchtest: Ich laß ihn bitten, daß er mir den Samstagabend nimmer nachtragt... und... und wenn's ihn net verdrießen tat und wenn's ihm lieb und recht war, so möcht er halt denselbigen Gang ein zweitsmal machen!«

»Brav! Recht hast! Auf der Stell geh ich nüber! Hast es ghört, Alte ... das is halt mein Tochter!« Der Pfrointner packte seinen Hut, stülpte ihn über die Haare und schoß zur Tür hinaus, als hätte er Sorge, daß Zäzil ihren Auftrag widerrufen könnte.

Jetzt kam das Zünglein der Pfrointnerin in Bewegung. Auf die zwanzig Fragen aber, die sie in einem Atem heraushaspelte, schüttelte Zäzil nur immer den Kopf.

»Ich kann net reden, Mutterl, ich kann net! Nur grad das einzig kann ich sagen: Den Martl mag ich, den Martl und sonst kein andern! So viel lieb is er mir, daß ich's gar net sagen kann!« Und schluchzend deckte sie das Gesicht mit beiden Händen.

Die Pfrointnerin war vor Freude völlig wirr im Kopfe. Sie trippelte planlos in der Stube umher, und als sie sich anschickte, die Hängelampe über dem Tisch zu entzünden, verbrannte sie ein Päckchen Streichhölzer, bis sie auf den Gedanken kam, daß man, um den Docht anzünden zu können, doch wohl den Glaszylinder abnehmen müsse. Und als nun die Lampenflamme ihren traulichen Schein durch die Stube warf, suchte die Pfrointnerin ihr altes Plätzchen wieder auf und plauschte darauf los wie ein Mühlwerk, das bei Hochwasser ins Klappern kommt.

Plötzlich hob Zäzil den Kopf und stammelte:»Der Vater kommt!«

Die Pfrointnerin lauschte:»Na... ich hör noch nix!«

Zäzil aber hatte sich nicht getäuscht. Eine kurze Weile noch, dann klapperten schwere Tritte über das Hofpflaster. Nun öffnete sich die Tür, und Zäzil erschrak, als sie das mißvergnügte Gesicht des Vaters sah.

Der Pfrointner warf seinen Hut in eine Fensternische und schalt:»So einer! Is das ein Dickschädel! Da hört sich doch alles auf! Na, na, was sich in zwei Tag net alles ändern kann! Mein Madl is die Gscheite worden... und jetzt spielt der ander den Überspannten. Er kann's net glauben, daß du ihn gern hast, sagt er. Nachtragen tat er dir nix, sagt er, aber er möcht eine Bäuerin, die ihn nimmt aus Lieb, sagt er, und net eine, die ihn gestern zur Tür aussischickt und heut wieder ja sagt... aus übertriebener Dankbarkeit! Und gar net verdient hätt er's um dich, daß er ein solchen Dank verlangen könnt, sagt er ... das bißl Aushalten in der Hütten, meint er, das wär ja gar net der Rede wert! Zugredt hab ich ihm wie eim bockbeinigen Lampl... aber der wann einmal sein Köpfl aufsetzt, nacher reißt's ihm Gott Vater nimmer runter. Da soll ja doch gleich ein heiligs Donnerwetter dreinschlagen ... in so eine Narretei!« Jetzt stockte dem Pfrointner der zornige Redefluß, und er machte zwei recht verdutzte Augen, als er das Mädel gewahrte, das mit ruhigem Lachen zu ihm aufblickte.

»Geh Vater, mußt dich net ärgern... und Mutterl, sei so gut, wo hast denn meine Schuh?«

»Jesus, Madl«, stotterte die Pfrointnerin,»du wirst doch net...«

»Aber gwiß! Und weißt, Vater, was ich mir denk? Du hast halt an der Botschaft 's Beste vergessen!«

»Wär net übel!« lachte der Pfrointner.

»Ja! Zum richtigen Reden, da hätt ich dir halt mein Herz mitgeben müssen, wie's schlagt in mir. Und die ganze Zeit schon hab ich mir denkt, es wär doch besser, wenn ich gleich selber reden tät mit'm Martl!«

»Recht hast! Herrgott! Was gibt's auf der Welt für gscheite Frauenzimmer! Und mach weiter, Alte, die Schuh gib her! Und tummel dich, Madl! Und red ihm nur fest ins Gwissen, dem bockbeinigen Nickl!«

Mit zitternden Händen knotete Zäzil die gelösten Haare im Nacken zusammen, dann schlüpfte sie in die Schuhe, schlug ein Tuch, das die Mutter ihr reichte, um die Schultern und eilte davon.

Tiefe Dämmerung lag schon über dem weiten Tal. Nur die schneebedeckten Kuppen der Berge waren noch von rötlichem Licht umflossen.

Als Zäzil den dunklen Garten durchschritt, spähte sie empor zu jener Berghöhe, auf der das Almfeld ihres Vaters gelegen war. Deutlich sah sie die Felsgewände ragen, und deutlich unterschied sie die graue, schneelose Gasse, die über der Stelle, wo die verschüttete Hütte stehen mußte, vom Grat der Felsen über die Wand sich niederzog. Ein leiser Schauer rieselte um ihre Schultern, und hurtig eilte sie weiter.

Jetzt bog sie um die Ecke des Bründlhauses. In der Stube brannte die Lampe, und Zäzil sah durchs Fenster den jungen Bauern im Herrgottswinkel sitzen. Er hielt die Arme über dem Tisch gekreuzt und das Gesicht in ihnen vergraben.

Leisen Schrittes betrat sie den Flur und öffnete sacht die Türe. Martl hörte sie nicht kommen. Eine Weile stand sie schweigend, dann rief sie schüchtern seinen Namen.

Erschrocken fuhr er auf, stieß sich hinter dem Tisch hervor und starrte sie an mit erblaßtem Gesichte.

»Du? ... Zäzil?«

»Ja, Martl, ich! Und sei net harb, daß ich kommen bin. Lang halt ich dich net auf. Die Botschaft, die ich dir sagen hab lassen durch mein Vater, die kennst ja. Und mein Vater hat mir auch dein Antwort bracht. Und schau, da muß ich dir noch ein Vergeltsgott sagen, weil du mich für gar so ein dankbares Madl haltst. Es is ebbes Schöns um ein dankbaren Menschen, ja, und drum is mir's völlig arg, daß ich dein guten Glauben von mir net gelten lassen kann. Ich bin halt so viel aufrichtig, weißt! Und ich bin dir gar net dankbar! Ah, bewahr! Fallt mir gar net ein! Weswegen denn auch? Weil in der Hütten droben dein Leben eingesetzt hast für's meine? Das hast ja müssen, weil ein braver Mensch bist, ein ganz Bsonderer ... und weil mich gern hast!«

Mit schwankender Stimme hatte sie begonnen, aber beim Anblick der hilflosen Verwirrung, die sie von Martls Zügen las, war ihr der Mut gewachsen. Einige Schritte trat sie näher und sprach mit zufriedenem Lächeln weiter:»Ja Martl, weil mich gern hast! Am Samstag hab ich dir deine kurzen Wörtln fürgworfen, jetzt aber weiß ich, daß man mit solche kurzen Wörtln mehr sagen kann als wie mit stundenlange Reden. Weißt es noch? Wie ich dich selbigsmal gfragt hab, weswegen denn grad auf mich verfallen bist, da hast mir gsagt: ›Weil mir halt die nächste bist... so und so!‹ Es hat mir gleich zum denken geben, dein ›so und so‹, und jetzt versteh ich's, wie's vermeint war. So...« sie deutete hinüber nach dem Pfrointnerhof, dann schaute sie mit leuchtenden Augen zu ihm auf, preßte die Hand auf ihre Brust und lächelte:»Und so!«

Der starke lange Mensch am Tisch zitterte an Händen und Füßen. Seine Lippen bewegten sich, aber aus seiner Kehle wollte kein Laut.

»Und was bei dir das einzige, kurze Wörtl wert is, in der Hütten droben hab ich's ausstudiert! Es ist dein Leben wert... und mehr noch, Martl, weit mehr noch! Unser Herrgott muß sich schier denkt haben: Dem einfältigen Frauenzimmer muß ich einmal zu merken geben, was der Unterschied is zwischen Bub und Mannsbild... und drum hat er mir dieselbigen Stunden in der Hütten gschickt und dich dazu. Was dich naufgführt hat in d' Hütten ... schier mein' ich, daß ich mir's denken kann. Der Zufall is's am allerletzten gwesen. Wer's gsagt hat, weiß ich nimmer ... leicht war's am End gar mein Herz, das mir gsagt hat: Es war ein ganz klein bißl Eifersucht dabei!«

»Na, Zäzil ... na ... laß dir sagen ...«, stotterte Martl, auf dessen Zügen Röte und Blässe wechselten.

Zäzil aber sprach tapfer weiter.»Ja, Martl, ich will dir's einbstehen! Er hat mir gfallen. Drunt am See, wie er das Bübl rausgholt hat... da hat er mir in d' Augen gstochen. Aber ich hab ihn bloß gsehen am Tag und in der Sonn, und Nacht hat's werden müssen, daß mir d' Augen auf gangen sind ... über ihn und über dich! No schau ... und da könnt ich dir jetzt die schönsten Sachen sagen ... könnt dir sagen, daß mir in dieselbigen paar Stunden fester einig-

wachsen bist ins Herz, als wie ein Baum in hundert Jahren eini-
wachst in sein Boden. Könnt dir sagen, daß ich so gern wie dich
kein Menschen nimmer hab auf der ganzen Welt. Aber du hast ja
meim Vater gsagt, daß meiner Lieb net glauben kannst. Hast ja
gsagt, ich nimm dich aus lauter Dank! Ah, Gott bewahr! Ich hätt
dich gnommen aus lauter Eigennutz, weil ich mir ein Bessern nimmer z'finden wüßt. Aber no... da is jetzt nix mehr z'reden drüber!«

»Zäzil... Jesses na ... Madl«, stammelte Martl in überquellender
Freude, »schau... ich weiß ja gar net, was ich sagen soll... alles dreht
sich um mich rum ...«

»Wart ein bißl... Grad eins noch muß ich dir sagen, nacher laß ich
dir schon dein Ruh!... Ja! Nach derselbigen Wasserfahrt am See hat
mir der ander mit Gwalt ein Bußl gnommen. Auf ein See aber, so
mein' ich heut, und wenn er noch so wild tut, fahrt ein jeder aussi,
wann ihn der Übermut plagt. Was ich aber von dir in der Hütten
droben gsehen hab, unter der Lahn und in der finstern Gfahr, das,
Martl, das macht dir so leicht kein zweiter nach! Drei Menschen
hast am Leben ghalten! Und da soll ich dich net besser zahlen als
wie den andern, der das kleine Bübl aus'm See aussizogen hat? Da
müßt's ja gar kein Grechtigkeit nimmer geben auf der Welt. No
schau ... und weil ich halt gar so eine Grechte bin, drum steh ich da
und frag dich: Magst eins haben, ein Bußl? Oder gleich drei auf
einmal?«

Und verlockend hielt sie ihm den roten Schnabel hin.

Was er sagte, wußte er nicht; und sie verstand es noch weniger; es
war ein Lallen und Jauchzen; aber mit den Armen wußte er schon
besser zu reden als mit der Sprache. In stürmischem Jubel riß er
Zäzil an seine Brust, umklammerte sie, daß ihr der Atem zu verge-
hen drohte, und überströmte ihr Gesicht mit Küssen.

Da ließ sich am Fenster ein klirrendes Pochen vernehmen, und erschrocken fuhren die beiden auseinander.

Durch die Scheiben guckte das vergnüglich grinsende Gesicht des
Pfrointners.

Verlegen fuhr sich Martl in die Haare. Zäzil aber lachte: »Geh,
Martl, es is bloß der Vater... vor dem brauchst dich net schenieren!«

Und wieder bot sie ihm den roten Mund.

Über tredition

Eigenes Buch veröffentlichen

tredition wurde 2006 in Hamburg gegründet und hat seither mehrere tausend Buchtitel veröffentlicht. Autoren veröffentlichen in wenigen leichten Schritten gedruckte Bücher, e-Books und audio-Books. tredition hat das Ziel, die beste und fairste Veröffentlichungsmöglichkeit für Autoren zu bieten.

tredition wurde mit der Erkenntnis gegründet, dass nur etwa jedes 200. bei Verlagen eingereichte Manuskript veröffentlicht wird. Dabei hat jedes Buch seinen Markt, also seine Leser. tredition sorgt dafür, dass für jedes Buch die Leserschaft auch erreicht wird.

Im einzigartigen Literatur-Netzwerk von tredition bieten zahlreiche Literatur-Partner (das sind Lektoren, Übersetzer, Hörbuchsprecher und Illustratoren) ihre Dienstleistung an, um Manuskripte zu verbessern oder die Vielfalt zu erhöhen. Autoren vereinbaren direkt mit den Literatur-Partnern die Konditionen ihrer Zusammenarbeit und partizipieren gemeinsam am Erfolg des Buches.

Das gesamte Verlagsprogramm von tredition ist bei allen stationären Buchhandlungen und Online-Buchhändlern wie z. B. Amazon erhältlich. e-Books stehen bei den führenden Online-Portalen (z. B. iBookstore von Apple oder Kindle von Amazon) zum Verkauf.

Einfach leicht ein Buch veröffentlichen: **www.tredition.de**

Eigene Buchreihe oder eigenen Verlag gründen

Seit 2009 bietet tredition sein Verlagskonzept auch als sogenanntes "White-Label" an. Das bedeutet, dass andere Unternehmen, Institutionen und Personen risikofrei und unkompliziert selbst zum Herausgeber von Büchern und Buchreihen unter eigener Marke werden können. tredition übernimmt dabei das komplette Herstellungs- und Distributionsrisiko.

Zahlreiche Zeitschriften-, Zeitungs- und Buchverlage, Universitäten, Forschungseinrichtungen u.v.m. nutzen diese Dienstleistung von tredition, um unter eigener Marke ohne Risiko Bücher zu verlegen.

Alle Informationen im Internet: **www.tredition.de/fuer-verlage**

tredition wurde mit mehreren Innovationspreisen ausgezeichnet, u. a. mit dem Webfuture Award und dem Innovationspreis der Buch Digitale.

tredition ist Mitglied im Börsenverein des Deutschen Buchhandels.

Dieses Werk elektronisch lesen

Dieses Werk ist Teil der Gutenberg-DE Edition DVD. Diese enthält das komplette Archiv des Projekt Gutenberg-DE. Die DVD ist im Internet erhältlich auf **http://gutenbergshop.abc.de**